COLECCIÓN
MISTERIO

AF274476

# Cuentos de Terror

*Sheridan Le Fanu*

TRADUCCIÓN: BENJAMIN BRIGGENT

Plutón
Ediciones

© Plutón Ediciones X, s. l., 2017

Segunda Edición: 2017
Tercera Edición: 2018
Cuarta Edición: 2019
Quinta Edición: 2021
Sexta Edición: 2023
**Séptima Edición: 2025**

Diseño de cubierta: Alejandro Díaz
Maquetación: Saul Rojas

Edita:    Plutón Ediciones X, s. l.,
          E-mail: contacto@plutonediciones.com
          http://www.plutonediciones.com

Impreso en España / Printed in Spain

I.S.B.N anterior: 978-84-946531-6-2

I.S.B.N: 979-13-87692-02-5
Depósito Legal: B-3796-2025

## ESTUDIO PRELIMINAR

Joseph Thomas Sheridan Le Fanu fue un escritor irlandés, famoso por sus historias de fantasmas y por sus contribuciones a la literatura gótica. Nació en Dublín en 1814, en el seno de una familia de escritores protestantes. Fue autodidacta en su educación y desde pequeño mostró aptitudes literarias que compartía con todos menos con su padre, un pastor de la Iglesia de Irlanda, que era excesivamente estricto respecto a los intereses de sus hijos. Con la mayoría de edad estudia leyes en el Trinity College de Dublín, pero abandona la carrera por el periodismo. Para el año 1838 empieza a contribuir en diversas revistas literarias con relatos cortos entre los que destacan sus primeros intentos con el género gótico y los fantasmas. En 1840 compró acciones en varios periódicos de Dublín, en los que publicó algunas de sus historias. En 1844 contrae matrimonio con Susanna Bennett, con la que tendría 4 hijos y unos años espléndidos hasta que la salud de Susanna empieza a ser afectada por ataques neuróticos y de ansiedad por la muerte de familiares cercanos. Su esposa muere en 1858 en circunstancias un poco misteriosas y Le Fanu deja de escribir por varios años, hasta que en 1861 se convierte en el dueño y editor de la *Dublin University Magazine*, situación que aprovecha para reactivar su carrera literaria. Hasta su muerte en 1873 se mantiene activo escribiendo novelas, ensayos y cuentos cortos de diversos géneros, pero con especial énfasis y dedicación a la literatura gótica y de terror.

Le Fanu practicó un terror sutil, elegante, una literatura de miedo que no recurría a lo grotesco ni a lo obvio para lograr su objetivo de mantener al lector al borde del asiento. La ambientación, la ambigüedad, la omisión voluntaria de información, la naturalidad con que presenta situaciones terroríficas son todas características de sus mejores relatos de horror.

Desde su aparición, la crítica literaria ha desestimado al género de terror y todas sus vertientes, como una forma menor de literatura, pero gracias al esfuerzo y talento de autores como Sheridan Le Fanu, la historia ha mantenido viva la llama de sus contribuciones y ha marcado una huella indeleble en el lado más oscuro de la expresión literaria del hombre moderno.

La variedad temática de su obra influenció profundamente a maestros del género gótico y de terror, como M. R. James y el mismísimo Bram Stoker, autor de *Drácula*.

## Dickon, el demonio

Hace unos treinta años fui elegido por dos solteronas acaudaladas para visitar una propiedad en esa parte de Lancashire que está cerca del famoso bosque de Pendle, que la obra *Brujas de Lancashire*, de Ainsworth, tanto ha popularizado. Mi asunto trataba de una división de una pequeña propiedad, que incluía una casa y los terrenos adyacentes, que largo tiempo atrás habían coheredado las dos mujeres.

En las últimas cuarenta millas de mi viaje me vi obligado a viajar principalmente por encrucijadas y caminos poco conocidos y menos frecuentados, así como por parajes a menudo interesantes y bellos. Lo pintoresco del paisaje quedaba realzado por la estación, comienzos de setiembre, en la que estaba viajando.

Nunca había estado en esta parte del mundo; y me dicen que ahora es mucho menos agreste y, en consecuencia, menos hermosa.

Y en la posada donde me detuve para el relevo de caballos y para cenar, pues eran más de las cinco de la tarde, encontré al dueño del establecimiento, un robusto individuo de cincuenta a sesenta años, hombre de fácil palabra y gran benevolencia, ansioso de acomodar a sus huéspedes con mucha palabrería, quien me dijo que cualquier grifo sirve para que salga el chorro, en el tema que uno desee.

Yo deseaba conocer algo sobre Barwyke, que era el nombre de la casa y los terrenos a los que me dirigía. Como no había otra posada en varias millas de aquel lugar, le había escrito al administrador de la finca que pusiera a mi disposición lo necesario para pasar al menos una noche.

El dueño de la posada «Las Tres Monjas», que tal era el nombre bajo el que allí cuidaban a los viajeros, no tenía mucho que decir al respecto. Hacía unos veinte años que el anciano caballero Bowes había fallecido y nadie había vivido en la casa señorial desde entonces, excepto el jardinero y su esposa.

—Tom Wyndsour debe tener mi misma edad aproximadamente; pero es un poco más alto y no tan flaco —me informó el obeso posadero.

—¿Pero ha habido historias acerca de ese lugar —pregunté—, que impidiera tener nuevos habitantes?

—Sí, cuentos de viejas; hace ya muchos años, cuentos que he olvidado, caballero... oh, sí, los he olvidado todos. Claro está, siempre se cuentan muchas cosas cuando una casa se queda sola; la gente siempre murmura... pero yo no he oído ni una palabra más al respecto en veinte años.

Traté de sonsacarle algo más pero fue en vano. El posadero de «Las Tres Monjas» por algún motivo que ignoraba, no quiso referirme lo que se contaba sobre Barwyke Hall, si realmente, como yo sospechaba, aún lo recordaba.

Aboné la cuenta y reanudé el viaje, complacido con la buena acogida recibida en aquella posada, pero sintiéndome un poco defraudado.

Llevábamos viajando más de una hora, cuando empezamos a atravesar un descampado, y yo sabía que, pasado este, al cabo de un cuarto de hora estaría a las puertas de Barwyke Hall.

La turba y el tojo pronto quedaron detrás y volvimos a disfrutar del paisaje que tanto me encantaba, natural y hermoso, tan poco perturbado por tráfico alguno. Empecé a mirar por la ventanilla y pronto detecté el objeto que por algún tiempo habían estado buscando mis ojos. Barwyke Hall era una mansión grande, pintoresca, con la forma de esas jaulas de moda conocidas como «blanco y negro», en las que los barrotes y las esquinas de su armazón de roble contrastan, negro como el ébano, con el enyesado blanco que se extiende sobre la mampostería en sus intersticios. Esta mansión isabelina de tejado en ángulo, se alzaba en medio de un terreno semejante a un parque de poca extensión, pero en el que los viejos árboles de noble tamaño tornaban imponentes las alargadas sombras, orientadas al este, que arrojaba sobre el césped el declinante sol.

La tapia del parque estaba gris por la edad, y en muchos lugares cargada de hiedra. A la profunda sombra gris, que contrastaba con la menguadas luces del anochecer reflejadas en las copas de los árboles, en una suave hondonada, se extendía un lago de aspecto frío y oscuro, pareciendo, tal como era, querer esconderse de toda observación por un conocimiento culpable.

Había olvidado que había tal lago en Barwyke, pero tan pronto como lo divisé, como la fría serpiente pulimentada en la sombra, mi instinto pareció reconocer algo peligroso y supe que el lago estaba relacionado, no pude recordar cómo, con una historia que en mi niñez había oído sobre aquel lugar.

Seguimos por una avenida herbosa, bajo los nobles árboles, cuyo follaje, moribundo con los colores rojizos y amarillentos del otoño, devolvían jubilosamente los rayos del sol en el oeste.

Paramos frente a la puerta. Salté al suelo y obtuve una excelente vista de la fachada de la mansión; era una casa espaciosa y melancólica, con las señales de haber estado descuidada largo tiempo; grandes postigos de madera, de estilo antiguo, atrancaban las ventanas; la hierba y hasta la cizaña, crecía densamente en el patio, y una delgada capa de musgo ocultaba las vigas de madera; el encalado estaba descolorido por el tiempo y la intemperie, mostrando manchones de color amarillento y bermellón. El aspecto tétrico quedaba realzado por varios árboles corpulentos que rodeaban el edificio.

Subí los escalones de entrada y miré a mi alrededor; el oscurecido lago se hallaba muy cerca, un poco a la izquierda. No era muy extenso, cubriendo unos diez o doce acres; pero aumentaba la melancolía del escenario. Cerca del centro se levantaba un islote, con un par de fresnos que se inclinaban uno hacia el otro, sus pensativas imágenes reflejadas en el agua inmóvil. La única influencia animada de aquella escena de antigüedad, soledad y descuido, era que la casa y el paisaje se hallaban caldeados por los rubicundos rayos procedentes de la parte oeste. Llamé y mis llamadas resonaron huecas y poco amables en mis oídos; y la campanilla, desde muy lejos, me devolvió un sonido triste, como si le molestara haber sido arrancada de su largo sueño.

Un individuo, de largas piernas y aspecto agradable, con abrigo impermeable y polainas, una sonrisa de bienvenida y una nariz afilada y colorada que parecía prometer una buena acogida, abrió la puerta con una rapidez que indicaba una esperada hospitalidad ante mi llegada.

Había poca luz en el vestíbulo, y aún esa poca quedaba reducida por la oscuridad del fondo del mismo. En cambio, era muy espacioso y agradable, con una galería todo alrededor que, cuando se abría la puerta, era visible en dos o tres sitios. Casi a oscuras, mi nuevo conocido me condujo por un amplio corredor a la habitación que me habían destinado. Era grande y estaba empapelada hasta el techo. Los muebles de aquella espaciosa estancia eran antiguos y pesados. Todavía quedaban cortinas en las ventanas y en el suelo había una raída alfombra turca; eran dos las ventanas, y por ellas, a través de los árboles, se divisaba parte del lago. Pero se hubieran necesitado todo el fuego y todas las placenteras asociaciones de la roja nariz de mi acompañante para alegrar una habitación tan melancólica. Una puerta situada en la pared opuesta daba a la habitación preparada como mi dormitorio. Empapelada de abajo arriba como la otra. Tenía un lecho endoselado, con pesados cortinajes, y en los demás aspectos estaba amueblada con otros muebles igual de antiguos y del mismo estilo altisonante que el cuarto anterior. Su ventana, como las de aquel otro apartamento, daba al lago.

Pese a su aspecto sombrío y triste de aquellos aposentos, estaban, no obstante, escrupulosamente limpios. No tenía por ello queja alguna, pero el efecto total era más bien desalentador. Tras haber dado algunas sugerencias para la cena, que constituiría un grato momento con toda seguridad, llevé a cabo un rápido aseo y tocado de mi persona; luego, llamé a mi amigo con sus polainas y su colorada nariz (Tom Wyndsour), cuya posición era la de administrador o viceadministrador de la propiedad, para que me acompañase, pues todavía quedaba una hora aproximadamente de sol y crepúsculo, a dar una vuelta por aquellos terrenos.

Era un atardecer suave, mi guía, no demasiado entrado en años, echó a andar con un paso que me costó igualar.

Entre los grupos de árboles en el límite norte de la finca, llegamos a la antigua iglesia parroquial. Desde un pequeño montículo, yo estaba mirando aquella iglesia, con la tapia del parque en medio, donde una corta escalera daba acceso a la carretera, y fue por ella que nos acercamos a la puerta de hierro del cementerio parroquial. Vi que dicha puerta estaba abierta; el sepulturero estaba dejando el pico, la pala y el azadón, con cuyas herramientas acababa de excavar una tumba en el cementerio, en su debido lugar, bajo la escalera de piedra del campanario. Era un jorobado, cortés y astuto, contento al poder enseñarme la iglesia. Entre sus monumentos hubo uno que me interesó; había sido erigido para honrar la memoria del caballero Bowes, de quien mis dos solteronas habían heredado la mansión y la propiedad de Barwyke Hall. El monumento hablaba del caballero en términos de grandilocuentes elogios e informaba al lector cristiano que este había muerto, en el seno de la iglesia anglicana, a la edad de setenta y un años.

Leí la inscripción a la luz del sol poniente, astro que no tardó en desaparecer tras el horizonte justo cuando salíamos del pórtico de la iglesia.

—Hace veinte años que falleció el caballero —reflexioné cuando todavía no habíamos salido del cementerio.

—Sí, señor, hizo veinte años el nueve del mes pasado.

—¿Fue una buena persona?

—De buen carácter, y a la vez un perfecto caballero, señor; creo que en su vida mató una mosca —asintió Tom Wyndsour—. No siempre era fácil adivinar lo que estaba pensando, ni los cambios que sufrió luego, que a otro cualquiera le habría vuelto loco.

—¿No cree, entonces, que lo estuviera? —pregunté.

—Oh, no... no, señor; tal vez un poco indolente, como les sucede a los viejos; pero sabía muy bien lo que hacía.

Las palabras de Tom Wyndsour fue un poco enigmático, pero, igual que el difunto Bowes, yo también me sentía un poco indolente aquella noche, por lo que no seguí adelante con mis preguntas.

Remontamos la escalera que salvaba la estrecha carretera que daba al cementerio. Estaba sombreada por unos olmos de más de cien años, y a la luz crepuscular, que era la que nos alumbraba ya, todo empezaba a volverse oscuro. Íbamos caminando uno al lado del otro por aquel camino, flanqueado por dos muros construidos por piedras casi sueltas al parecer, cuando algo que corría hacia nosotros en zigzag nos adelantó a un ritmo salvaje, dejando atrás un ruido como el de una risa asustada o un escalofrío; y yo vi, cuando pasó, que era una figura humana. Confieso ahora que me sufrí un buen sobresalto. El atuendo de la figura era, en parte, blanco; sé que al principio lo confundí con un caballo blanco descendiendo al galope por el camino. Tom Wyndsour se volvió y siguió con la mirada a la figura a medida que se alejaba.

—Andará por aquí esta noche —musitó Tom—. Cualquier cosa le sirve de lecho a ese tipo; seis pies de turba seca o de heno, o un hoyo en una zanja seca. No ha dormido en una casa desde hace unos veinte años, y nunca lo hará mientras crezca hierba en estos campos.

—¿Está loco? —me interesé.

—Algo por el estilo, señor; es un idiota, un simple; le llamamos «el demonio Dickon», porque «demonio» es casi la única palabra que sale de su boca.

Me asombró que aquel idiota estuviera relacionado con la historia del anciano caballero Bowes.

—¿Se cuentan muchas cosas raras de él? —sugerí.

—Más o menos, señor, más o menos. Sí, algunas historias extrañas.

—¿Dormía en una casa hace veinte años? O sea por la época en que falleció el caballero —calculé.

—Así es, señor, y poco después empezó a dormir fuera.

—Esta noche, cuando pueda escucharte tranquilamente después de cenar, me contarás todo esto, Tom.

A Tom, no obstante, no pareció gustarle demasiado mi invitación, y mirando fijamente ante sí al tiempo que íbamos andando, respondió:

—Bueno, señor, la casa ha estado muy tranquila y no ha habido nadie que perturbara su quietud, ni dentro ni fuera de sus paredes, ni en los alrededores de Barwyke, en diez años o más; y a mi vieja no le gusta que se hable de estos asuntos, y yo creo, igual que ella, que es mejor dejar que los perros duerman.

Bajó la voz al finalizar la frase y asintió de manera significativa con la cabeza.

Pronto llegamos a un portillo de la tapia del parque que él abrió con una llave, por donde penetramos una vez más en los terrenos de Barwyke.

El crepúsculo iba en aumento sobre el paisaje, los árboles corpulentos y solemnes, y las líneas distantes de la mansión embrujada, ejercían sobre mí una sombría influencia que, junto con la fatiga de un día de viaje y el paseo que acaba de dar, me inclinaba a no interrumpir el silencio en que mi acompañante se había hundido.

Un cierto ambiente de relativa comodidad, a nuestra llegada, disipó hasta cierto punto la tristeza que se había apoderado de mí. Aunque en modo alguno la noche era fría, me alegró ver un buen fuego en la chimenea, y un par de velas añadida a la luminosidad del fuego hizo que la habitación resultara acogedora. Una mesita con un mantel blanco, y los preparativos para la cena, ayudaron a aumentar mi satisfacción.

Me hubiera gustado mucho, bajo estas influencias, haber escuchado la historia de Tom Wyndsour, pero terminada la cena me sentí demasiado cansado y muerto de sueño para animarle a hablar; y después de varios bostezos, vi que de nada servía luchar contra mi cansancio, por lo que me encerré en mi dormitorio y a las diez ya estaba profundamente dormido.

Voy a contar la interrupción que sufrí aquella noche que, si no fue muy grande, al menos me pareció muy extraña.

A la noche siguiente había dado fin a mi trabajo en Barwyke. Desde las primeras horas de la mañana hasta aquel momento estuve incesantemente ocupado, trabajando esforzadamente, de modo que no tuve tiempo de reflexionar sobre el singular suceso que acabo de indicar. Al final de la jornada volví a estar sentado a la mesa en la que acababa de consumir una suculenta cena. El día había sido bochornoso y abrí por completo la ventana. Bien, me hallaba junto a la misma, con el brandy y el agua a mi lado, mirando a la noche. No había luna y los árboles que rodeaban la casa tornaban más profunda la oscuridad que la rodeaba en tales noches.

—Tom —dije tan pronto como el vaso de ponche caliente que le había obligado a tomar ejerció su efecto bonachón y comunicativo—, dime quién, aparte de tu esposa, de ti y de mí, durmió anoche en casa.

Tom, sentado cerca de la puerta, dejó su vaso y me miró de soslayo, el tiempo de contar hasta siete, sin pronunciar palabra.

—¿Quién durmió en casa? —repitió deliberadamente—. Ni un alma, señor.

Volvió a mirarme, ahora fijamente, esperando evidentemente algo más de mí.

—Es muy extraño —manifesté, devolviéndole la mirada y sintiéndome realmente un poco inquieto—. ¿Estás totalmente seguro de que no hubo nadie en mi habitación anoche?

—Nadie, hasta que yo le llamé esta mañana, señor. Puedo jurarlo.

—Bien —le contrarié—, pues hubo alguien allí. Esto también puedo jurarlo. Me hallaba tan cansado que no pude despejar el cerebro, pero lo cierto es que me despertó un ruido que me hizo pensar que alguien había arrojado al suelo las dos cajas en las que guardo mis papeles. Oí un paso lento en el suelo y había luz en la habitación, aunque yo había apagado la vela. Pensé que habías sido tú, entrando en busca de mis ropas, y habías tropezado con las cajas por casualidad. Fuese quien fuese, se marchó y la luz con él. Estaba a punto de levantar las cajas, cuando la cortina quedó un poco levantada a los pies de la cama y divisé una luz en la pared de enfrente, como la que una vela hubiera arrojado si la puerta se hubiese abierto cautelosamente. Salté de la cama, descorrí la cortina lateral y vi que, en efecto, la puerta se estaba abriendo, dejando entrar la luz de fuera. Ya sabes que esa puerta está muy cerca de la cabecera de la cama. Una mano sostenía el marco de la puerta, abriéndola; no como lo haces tú, era una mano muy singular. Deja que mire la tuya.

Tom extendió la mano para que la inspeccionara.

—Oh, no... no hay nada extraño en tu mano. Aquélla tenía una forma diferente; era más gruesa, y el dedo medio era más corto que los demás, como si se lo hubiera roto alguna vez, y vi la uña encorvada como una garra. Grité: «¿Quién hay?» Y la luz y la mano se retiraron, y ya no vi ni oí más al visitante.

—¡Tan seguro como que usted es un ser vivo, que fue él! —exclamó Tom Wyndsour, palideciendo incluso su nariz, y sus ojos casi saliéndose de sus órbitas.

—¿Quién? —pregunté.

—El anciano caballero Bowes. Fue suya la mano que usted vio... ¡Que el Señor tenga piedad de nosotros! —murmuró Tom—. El dedo roto y la uña como de una garra... Bien por usted, señor, puesto que no volvió cuando le gritó. Usted vino aquí por el asunto de las señoritas Dymock, y el anciano caballero nunca quiso que ellas pusieran siquiera los pies en Barwyke; y estaba redactando un testamento para que todo se hiciera de manera muy distinta, cuando le sobrevino la muerte de repente. Jamás se portó mal con nadie, pero no soportaba a esas damas. La verdad es que me angustié mucho, señor, cuando me enteré de su venida por el asunto de esas señoritas; y ahora ya ve lo que ocurre. ¡Vuelve a sus antiguos trucos!

Con una ligera presión y un poco más de ponche, induje a Tom Wyndsour a aclarar sus misteriosas alusiones relatando los sucesos que siguieron a la muerte del caballero.

—El caballero Bowes de Barwyke murió sin testar, como ya sabe —empezó a explicar Tom—, y todos los de aquí lo sintieron mucho; es decir, señor, tanto como puede la gente sentirlo por un anciano caballero que ha sido una leyenda durante muchos años y no tiene derecho a quejarse porque la muerte haya llamado con cierta anticipación a su puerta. El caballero era muy apreciado porque jamás había mostrado enojo ni pronunciado una palabra más alta que la otra; no habría matado a una mosca, y por eso lo que sucedió después de su muerte resulta más sorprendente.

»La primera cosa que esas señoritas llevaron a cabo cuando se hicieron cargo de la propiedad fue adquirir ganado para el parque.

»No fue prudente, en cualquier caso, hacer pastar la tierra por su cuenta. Y además, no sabían con qué tenían que enfrentarse.

»No tardó mucho en ocurrirle algo a la primera res, y después otra enfermó y murió y así sucesivamente, hasta que las pérdidas empezaron a formar legión. Luego, poco a poco fueron circulando extrañas historias, y luego se murmuró, primero por aquí, después por allá, que el caballero Bowes había sido visto, hacia el anochecer, andando, como cuando estaba vivo, entre los árboles, apoyado en su bastón; y a veces, cuando llegaba a la altura del ganado, se detenía y colocaba su mano, suavemente, sobre el lomo de una de las reses, la cual seguro que al día siguiente caía enferma, muriendo poco después.

»Nadie le encontró en el parque, ni entre los árboles, ni siquiera le vio, salvo desde gran distancia. Pero todos conocían muy bien su figura y su forma de andar, así como las ropas que solía vestir; y podían saber sobre qué bestia había puesto la mano por su color: blanco, pardo o negro, y todos sabían que la res enfermaría y moriría muy pronto. Los vecinos empezaron a tener miedo de pasar por el sendero del parque y a nadie le entusiasmaba internarse en el bosque o traspasar los límites de Barwyke; y el ganado continuaba enfermando y muriendo...

»En aquel tiempo se hallaba aquí un tal Thomas Pyke, que había sido lacayo del caballero, y estaba al cuidado del lugar, siendo el único que dormía en la casa.

»Thomas Pyke se sentía molesto ante esas historias, pues no creía ni la mitad de las mismas; además, no podía encontrar a nadie, ni hombre ni chico, que quisiera ocuparse del ganado, pues todos estaban atemorizados. Por tanto, escribió a Matlock, Derbyshire, a su hermano Richard Pyke, un muchacho listo, que nada sabía de ese cuento de que el caballero se paseaba de noche por el parque.

»Dick llegó, y el ganado fue mejorando; la gente, no obstante, seguía murmurando que en ocasiones todavía veían al caballero, apoyado en su bastón, andando como antes por los claros del bosque; pero no se acercaba ya al ganado, y la razón podía residir en el muchacho Dickon Pyke; pero el anciano caballero solía quedarse parado a cierta distancia del parque, mirando a las reses, sin que su persona mostrara más agitación que el tronco de un árbol, por espacio de una hora, hasta que su sombra se desvanecía, lentamente, como el humo de un fuego que se apaga.

»Thomas Pyke y su hermano Dickon, que eran los únicos seres vivos de la mansión, dormían en camas gemelas, en el cuarto de la servidumbre; y la casa quedó bien cerrada una noche de noviembre.

»Tom yacía junto a la pared y, me dijo, tan despierto como pudiera estarlo a mediodía. Su hermano Dickon dormía a su lado, como un leño.

»Bien, mientras Thomas estaba meditando, con los ojos vueltos hacia la puerta, esta se abrió despacio y apareció el viejo caballero Bowes, su cara con igual aspecto que la que tenía dentro de su ataúd.

»A Thomas le faltó la respiración, sin poder apartar la mirada de aquella terrible aparición, y sintiendo que el cabello se le erizaba en la cabeza.

»El caballero se acercó a la cama, colocó sus brazos bajo el cuerpo de Dickon y lo levantó —sin que el muchacho se despertara—, y con él en brazos cruzó la puerta.

»Esto fue lo que vio Thomas Pyke, y estaba dispuesto a jurarlo.

»Cuando tal cosa ocurrió, la luz, viniera de donde viniera, se apagó de pronto, y Thomas no podía divisar ni siquiera la mano ante sus ojos.

»Más muerto que vivo, permaneció en cama hasta que amaneció.

»Su hermano Dickon había desaparecido. Ni el menor rastro del joven pudo hallarse en la casa, y con gran dificultad convenció a un par de vecinos para que le ayudaran a registrar el bosque y todo el terreno. Ni señal de Dickon en parte alguna.

»Al fin, alguien se acordó del islote del lago; la pequeña barca estaba amarrada a la vieja estaca al borde el agua, aunque con muy pocas esperanzas de encontrarle allí. Sin embargo, lo encontraron sentado bajo el enorme fresno, loco perdido, y a todas las preguntas que le formulaban sólo respondía con un grito:

»—¡El demonio Bowes! ¿Lo veis? ¡Miradle... es el demonio Bowes!

»Se había convertido en un idiota, y así continuará hasta que a Dios le plazca poner remedio a su estado. Desde entonces, nadie ha logrado convencerle para que duerma bajo techado. Va de casa en casa, durante el día, y a nadie le interesa encerrar a aquel ser inofensivo en un asilo. Aunque la gente prefiere no encontrarle por la noche, pues piensan que donde él está las cosas van de mal en peor.»

Siguió un largo silencio a la historia de Tom. Él y yo estábamos solos en la habitación; yo, sentado cerca de la ventana, contemplando la oscura noche. Me pareció ver algo blanco que se movía allí afuera, y de repente oí un sonido bajo que empezó a crecer hasta convertirse en un «¡Hooo... oo... oo! ¡El demonio Bowes! ¡Por encima de tu hombro...! ¡Hoo... oo... oo! ¡ah... ah... ah!»

Iba a levantarme cuando vi, a la luz de la vela con la que Tom se acercaba a la ventana, los ojos desorbitados y la cara desfigurada del idiota que, con un súbito cambio de humor, huía, susurrando, titubeando, y levantando sus largos dedos, mirándose las uñas, como si fuera una «Mano de Gloria».

Tom cerró la ventana. La historia y su epílogo habían concluido. Confieso que me alegré cuando oí ruido de cascos de caballos en el patio unos minutos más tarde, y aún me sentí más aliviado cuando, tras haberme despedido de Tom, hube dejado a la medio arruinada casa de Barwyke una milla a mis espaldas.

## EL PACTO DE SIR DOMINICK
### UNA LEYENDA DE DUNORAN

A comienzos de otoño del año 1838, unos asuntos me llevaron al sur de Irlanda. El tiempo era delicioso, el paisaje y la gente nuevos para mí, y tras enviar mi equipaje por furgón-correo a cargo de un criado, alquilé un rocín en una posta, y con la curiosidad de un explorador, inicié un viaje sosegado de quinientas veinte millas a caballo, por vericuetos y encrucijadas, hasta mi lugar de destino. Por bosques y montes, por llanos y castillos en ruinas, por numerosos ríos serpenteantes, me fue llevando mi pintoresca ruta.

Empecé tarde, y después de haber recorrido algo más de la mitad de mi viaje, estaba pensando en hacer alto en el primer lugar más oportuno, dejando que mi rocín descansara y pastara a su gusto, y que su jinete se hiciera con algunas provisiones y cierta comodidad.

Eran casi las cuatro cuando el camino, ascendiendo de forma gradual, penetró en un paso a través de una garganta rocosa entre la brusca terminación de una sierra montañosa a mi izquierda y una loma rocosa que se elevaba oscura y abrupta a mi derecha. Debajo de mí se extendía una aldehuela de casitas con techo de paja, bajo una larga línea de gigantescos abedules, a través de cuyas ramas unas altas chimeneas enviaban al aire delgadas columnas de humo de turba. A mi izquierda, extendiéndose por millas, y trepando por la sierra mencionada, había un parque salvaje, a través del cual hierbajos y helechos quebraban las rocas, todo deteriorado por el tiempo y manchado por los líquenes. Aquel parque estaba poblado por árboles dispersos, que luego se espesaban hasta formar un verdadero bosque, detrás y más allá del cual se hallaba la aldea a la que yo me aproximaba, revistiendo la irregular ascensión de las laderas con bellos, y en algunas ocasiones, descoloridos follajes.

En la bajada, el camino se curvaba ligeramente, con los muros grises del parque, construidos de piedras sueltas y adornados por doquier con hiedra a su izquierda, y el vado de un riachuelo allí mismo; al acercarme a la aldea, por entre los claros del bosque, capté unos vislumbres de la larga fachada de una vieja casa arruinada, situada entre los árboles, a medio camino de la pintoresca ladera.

La soledad y la melancolía de aquellas ruinas picaron mi curiosidad y cuando hube llegado a la casa con su techumbre de paja, con el signo de san Columbkill, con manto, mitra y cruz colocado sobre el dintel de la puerta, después de haber atendido a mi caballo y haber comido opíparamente unas lonjas de jamón y unos huevos, volví a pensar en el parque arbolado y en la casa en ruinas y resolví dar unas vueltas durante media hora por entre aquellas rústicas soledades.

El nombre del lugar, según descubrí, era Dunoran y al lado de la cancela uno peldaños daban entrada a los terrenos, por los que, con un gozo un poco disminuido por cierta aprensión, empecé a avanzar hacia la deteriorada mansión.

Un sendero con muchas curvas y recodos, conducía a la vieja casa, a la sombra de los árboles.

El sendero, ya muy cerca de la casa, rodeaba el borde de una cañada muy honda, tapizada de espinos, robles enanos y avellanos, y la silenciosa casa estaba, con la puerta abierta, de cara al precipicio, cuyo borde más alejado se veía coronado con árboles muy altos, como los que había en torno a la casa y sus desiertos patios y establos.

Entré mirando a mi alrededor a través de corredores sembrados de ortigas y cizaña y de habitación en habitación, de techos derrumbados, y aquí y allá alguna que otra viga ennegrecida y resquebrajada, con tallos de hiedra por doquier. Las altas paredes estaban llenas de suciedad y moho, y en algunos cuartos los restos del enyesado de las paredes colgaban en pingajos. Las ventanas casi desprovistas de postigos estaban también oscurecidas por la hiedra y en las chimeneas revoloteaban los grajos, y en los altos árboles que sombreaban la cañada en masas sombrías al otro lado, más grajos graznaban continuamente.

Mientras andaba por entre tan melancólicos corredores, atisbando sólo en algunas habitaciones, ya que el suelo faltaba en muchas de ellas, cuando no se inclinaba hacia el centro, con gran parte de la casa sin techo, todo lo cual hacía que mi exploración fuese bastante crítica, me pregunté por qué se había permitido que una casa tan grande, en medio de un paisaje tan pintoresco, se resquebrajara de aquel modo. Soñé en los personajes que podía haber albergado en tiempos pasados, y en lo que una escena de jarana a cargo de los Red Gauntlets podrían revelar a medianoche.

La monumental escalinata era de roble, por lo que podía resistir muy bien el mal tiempo, y me senté en un peldaño, reflexionando vagamente en lo transitorio de todas las cosas bajo la capa del sol.

Salvo por el ronco y distante clamor de los grajos, apenas audible donde yo estaba sentado, ningún rumor rompía el profundo silencio del lugar. Apenas había experimentado nunca una tal sensación de soledad. El aire estaba inmóvil, ni siquiera se oía el sonido de una hoja caída en el corredor. Era algo opresivo. Los altos árboles que rodeaban la vieja mansión la oscurecían añadiendo un poco de temor a la melancolía del conjunto.

En medio de este estado de ánimo, con una sorpresa poco agradable, y muy cerca, oí una voz que gritaba y, que, según me pareció, con tono desdeñoso, repetía las palabras:

—Comida para los gusanos... muertos y podridos... ¡Dios sobre todo!

En la pared, que allí era muy gruesa, se abría una pequeña ventana, a bastante altura, y en ella, hundido en la sombra, divisé a un hombre de facciones agudas, sentado en la repisa hacia dentro, con los pies danzando al aire. Tenía sus agudos ojos fijos en mí, sonreía cínicamente y antes de haberme recobrado de la sorpresa, repitió el pareado:

*Si pudiese comprarse la muerte con dinero,*
*los ricos vivirían y los pobres morirían.*

—En sus tiempos —continuó el desconocido—, su señoría, Dunoran era una gran mansión y los Sarsfield constituían una magnífica dinastía. El señor Dominick Sarsfield fue el último de la vieja casta. Perdió a su esposa a menos de seis pies de donde está usted sentado.

Mientras hablaba dio un salto y se quedó de pie en el suelo de la habitación.

Era un tipo de rostro oscuro, rasgos agudos, un poco encorvado, y empuñaba un bastón, con el que señalaba una mancha mohosa en el enyesado de la pared.

—¿Ve esa señal, su señoría? —preguntó.

—Sí —respondí, levantándome y mirándola con la extraña anticipación de que iba a oír algo interesante.

—Está a unos siete u ocho pies del suelo, y su señoría no sospecha qué es.

—Pues no, la verdad —asentí—, a menos que sea una mancha debida al tiempo.

—No es así en absoluto, su señoría —fue su contestación, con la misma sonrisa cínica y un movimiento de cabeza, sin dejar de señalar la mancha con su bastón—. Se debe a una salpicadura de sangre y sesos, de hace unos cien años, y no desaparecerá mientras subsista la pared.

—¿Fue un asesinato?

—Mucho peor, señor.

—¿Un suicidio tal vez?

—Todavía peor.....¡así la Cruz nos preserve de todo mal! Yo soy mucho más viejo de lo que aparento; su señoría no adivinaría mi edad.

Calló y me miró, invitándome por lo visto a que la adivinara.

—Bueno, supongo que usted tiene alrededor de cincuenta y cinco... Se echó a reír, tomó una pizca de rapé y manifestó:

—Tengo estos años, su señoría, y algo más. Cumplí los setenta la última Candelaria. Viéndome, nadie lo diría ¿no es verdad?

—Palabra que no, e incluso ahora no sé si creerlo. Sin embargo, no se acordará de la muerte de sir Dominick Sarsfield, ¿verdad? —pregunté, contemplando la ominosa mancha de la pared.

—No, señor, porque ocurrió mucho antes de que yo naciese. Pero mi abuelo era el mayordomo de esta casa y muchas veces le oí contar cómo había muerto sir Dominick. No hubo más amo en la mansión desde tan terrible suceso. Aunque dos criados cuidaban de ella, siendo mi tía una de ellos, y me tuvo aquí a su lado hasta que cumplí los nueve años, cuando dejó su empleo para marcharse a Dublín, siendo a partir de entonces que la casa empezó a derrumbarse. El viento arrancó parte del tejado, la lluvia fue pudriendo la madera y así, poco a poco, en unos sesenta años, fue quedando como ahora la ve. Sin embargo, a mí me sigue gustando al recordar los viejos tiempos, y nunca vengo por estos andurriales sin echarle una ojeada. Ah, no creo que pueda verla muchas veces ya, puesto que no tardaré en estar tendido bajo la hierba.

—Usted vivirá más que muchos jóvenes —le contradije. Y abandonando tan triste tema, añadí—: No me sorprende que le guste este lugar, porque es muy hermoso y resulta estupendo con tantos árboles...

—Tendría que ver la cañada cuando maduran los avellanos; son las mejores avellanas de Irlanda, creo —expresó con un sentido práctico de lo pintoresco—. Se llenaría los bolsillos mientras las admirase.

—Sí, es un bosque maravilloso —observé—. No he visto nada más bello en Irlanda.

—Oh, su señoría, estos bosques ya no son lo que eran. En las montañas que nos rodean había espesos bosques cuando mi padre era un niño y Murroa Wood era el mayor de todos. Casi todo eran robles, pero todos los talaron y el terreno quedó liso como un sendero. No hay por aquí ningún árbol que pueda compararse con aquellos. ¿Por qué camino vino, su señoría, desde Limerick?

—No, desde Killaloe.

—Bueno, pues su señoría pasó por el terreno donde antes se extendía Murroa Wood. Su señoría pasó por debajo del Lisnavoura, esa loma que está a una milla más arriba del pueblo. Esto quedaba cerca de Murroa Wood y fue allí donde sir Dominick vio por primera vez al diablo ¡el Señor nos guarde de todo mal! y un gran daño fue para él y para la mansión.

Me sentí muy interesado por la aventura que había ocurrido en un lugar que tanto me complacía y mi nuevo amigo, el pequeño jorobado, no tardó en relatarme la historia tan pronto como estuvimos bien acomodados.

—Esta era una finca magnífica cuando sir Dominick la heredó, y grandes cambios hubo, con fiestas y trapicheos, libre la casa para todos los gaiteros de los alrededores, y una bienvenida para todo el que quisiera venir. Corría el vino de buena calidad por galones; y había comida bastante para alimentar a toda una ciudad, y cerveza y cidra suficiente para poner a flote una armada, para los chicos, las chicas y los tipos como yo. Esto duró casi todo un mes, hasta que el tiempo cambió y la lluvia estropeó el césped donde se bailaba por las mañanas, y con la llegada de la feria de Allybally Killudeen todos se vieron obligados a abandonar toda diversión y a cuidar de los cerdos.

»Pero sir Dominick no había hecho más que empezar. No hubo medio de desprenderse del dinero y de la finca que él no lo probase, y con la bebida, los dados, las carreras, las cartas, y toda clase de juegos, no pasaron muchos años antes de que la hacienda estuviera en deudas y sir Dominick convertido en un hombre destrozado. Mientras pudo le mostró al mundo una frente erguida; pero luego vendió sus perros de caza, después sus caballos y al fin marchó a Francia y a otros países europeos; y así le perdieron de vista y por espacio de dos o tres años nadie supo nada de él. Hasta que al fin, inesperadamente, una noche se oyeron unos golpes en el ventanal de la cocina. Eran más de las diez, y el viejo Connor Hanlon, el mayordomo, mi abuelo, estaba sentado frente al fuego calentándose las espinillas. Aquella noche soplaba en las montañas el viento del este, y silbaba con fuerza por entre las copas de los árboles, resonando también en las altas chimeneas.

(Y el narrador tendió la mirada hacia la chimenea visible desde su asiento.)

»Mi abuelo no estuvo seguro de haber oído los golpes dados a la ventana, pero al levantarse divisó el rostro de su señor.

»A mi abuelo le encantó verle sano y salvo, porque hacía ya mucho tiempo que nada había sabido de él; aunque también lamentó verle porque en la casa se habían producido varios cambios, y ya solamente estaban en ella mi abuelo, la vieja Juggy Broadrick a cargo de la casa y un mozo en los establos, de modo que era muy triste ver llegar al amo en estas circunstancias.

»El señor estrechó la mano de Con y le espetó:

»—He venido a decirte un par de cosas. He dejado el caballo con Dick en el establo, y lo necesitaré antes de que amanezca o tal vez no lo necesitaré nunca más.

»Así hablando, cogió un taburete y se sentó en la gran cocina para calentarse al fuego.

»—Siéntate, Connor, frente a mí, y escucha lo que voy a decirte, y no temas contestar lo que piensas.

»Habló y habló mirando el hogar, las manos extendidas hacia el fuego, con el aspecto de un hombre agotado.

»—¿Por qué debería temer nada, señor Dominick? —preguntó mi abuelo—. Para mí es usted un buen amo, como lo fue su padre, en paz descanse su alma, y diré la verdad, así le pese al Maligno, y aún haría más que esto por todos los Sarsfield de Dunoran, y más aún para usted, señor, y lo haré con todo derecho.

»—Todo ha terminado para mí, Con —se quejó con amargura sir Dominick.

»—¡Dios no lo quiera! —exclamó mi abuelo.

»—De nada sirve ya rezar —objetó sir Dominick—. Han volado las últimas guineas, y pronto les seguirá la hacienda. Es preciso venderla, y he venido no sé por qué, como un fantasma para dar una última ojeada a mi alrededor, y luego me hundiré de nuevo en las tinieblas.

»A continuación le ordenó a mi abuelo que, en caso de que se enterara de su muerte, tenía que entregar la caja de roble, que estaba en el armario de su dormitorio, a su primo, Pat Sarsfield, de Dublín, junto con la espada y las pistolas que su abuelo había ceñido en Aughrim, con dos o tres cosas más por el estilo.

»—Con —continuó sir Dominick—, dicen que si el diablo te da dinero por la noche, a la mañana siguiente se ha convertido en un puñado de guijarros, astillas y cáscaras de avellana. Si pensara que el diablo ha de jugar limpio, estaría dispuesto a hacer un trato con él esta misma noche.

»—¡El Señor nos perdone! —exclamó mi abuelo, poniéndose de pie, persignándose.

»—Dicen que la comarca está llena de hombres que reclutan soldados para el rey de Francia. Si tropezara con uno de ellos no rechazaría su oferta. ¡Cómo cambia todo! ¿Cuánto hace que el capitán Waller y yo luchamos por las joyas en New Castle?

»—Seis años, señor Dominick, y usted le rompió el muslo al primer disparo.

»—Oh, sí, Con —asintió sir Dominick—, aunque hubiera sido preferible que él me atravesara el corazón. ¿Tienes un poco de whisky?

»Mi abuelo sacó una botella de la despensa y el amo vertió una buena medida en un vaso y lo bebió de un trago.

»—Iré a dar un vistazo al caballo —dijo luego, poniéndose de pie.

»Había una extraña mirada en sus ojos al ceñirse el arnés de montar, como si le hubiera asaltado un mal pensamiento.

»—Señor —le detuvo mi abuelo—, iré yo al establo en un momento y veré cómo está su caballo.

»—No, no voy al establo. Te diré la verdad porque a la larga la descubrirías. Marcho a lo más profundo del parque; si regreso será antes de una hora. Y mejor será que no me sigas porque podrías morir y este sería un mal final para nuestra amistad.

»Y rápidamente recorrió el pasadizo que salía de la cocina, abrió la puerta de la casa y salió a la luz de la luna y al helado vendaval; y mi abuelo le vio andar de prisa hacia la tapia del parque, y después entró en la casa, y cerró la puerta con el corazón oprimido.

»Sir Dominick, al llegar al centro del parque, se detuvo a pensar, pues no había decidido nada cuando salió de su casa, y el whisky no le había despejado la cabeza, aunque sí había aumentado su valor.

»Ya no sentía la frialdad del viento ni temía a la muerte y no pensaba en él sino en la vergüenza que había arrojado sobre su familia.

»Por fin decidió, al no acudir otra idea mejor a su mente, que tan pronto llegase a Murroa Wood, se colgaría de la rama de un roble con su propia corbata.

»Aquella noche brillaba con fuerza la luna, si bien de cuando en cuando su luz quedaba velada en parte por alguna que otra nube, mas esto aparte, había tanta claridad como cuando reinaba el día.

»Determinado a poner en práctica su idea, empezó a descender hacia el bosque de Murroa. Le parecía que cada uno de sus pasos valía por tres, de modo que en poco tiempo se encontró entre aquellos corpulentos árboles con sus raíces enredándose unas con otras, y formando con sus ramas verdaderas techumbres, mientras la luz de la luna arrojaba las sombras de tales ramajes sobre la tierra tan negras como mis zapatos.

»Por aquel entonces, como sir Dominick estaba un poco más sobrio, aflojó el paso y pensó que sería mejor alistarse en el ejército francés, y ver en qué podía esto beneficiarle, pues sabía que un hombre puede quitarse la vida cuando quiera, si las cosas no se solucionan.

»Justo cuando pensaba que no valía la pena quitarse la vida, oyó unos pasos bajo los árboles y pronto divisó a un caballero que acudía a su encuentro.

»Era un guapo joven como él, que llevaba un tricornio con un galón de oro alrededor, como los que los oficiales lucen en sus casacas, es decir, lucía un uniforme semejante al que los militares franceses llevaban en aquellos tiempos.

»Se detuvo delante de sir Dominick, saludándole militarmente.

»Los dos hombres se quitaron luego el sombrero y el recién llegado se presentó:

»—Estoy reclutando gente, señor, para mi soberano, y usted podrá ver que mi dinero no se cambiará mañana en guijarros, astillas y cáscaras de avellana.

»Así diciendo exhibió una bolsa repleta de oro.

»Tan pronto como sir Dominick había visto al caballero, se había formado una opinión del mismo y ante aquellas palabras sintió que se le erizaba el cabello.

»—No tema —dijo— que el dinero le queme: y si resulta ser oro de calidad y le ayuda en sus desdichas, estoy dispuesto a cerrar un pacto con usted. Hoy es el último día de febrero —prosiguió el desconocido caballero—. Yo le serviré siete años, y al final de este período usted me servirá a mí; vendré en su busca al cumplirse los siete años, cuando el reloj señale el minuto entre febrero y marzo; y el uno de marzo usted vendrá conmigo... o nunca. Verá que no soy un mal señor, ni tampoco un mal servidor. Me amo a mí mismo, y mando sobre todos los placeres y la gloria del mundo. El pacto empieza a partir de este día, y el plazo termina a medianoche del último día que ya indiqué de aquel año... —le dijo el año, claro está, pero lo olvidé— pero si prefiere esperar durante ocho meses y veintiocho días antes de suscribir el pacto, puede hacerlo antes de reunirse conmigo aquí. Sin embargo, no podré hacer mucho por usted mientras tanto, y si no suscribe el pacto, todo lo que haya conseguido de mí hasta aquel momento desaparecerá y usted volverá a estar como esta noche, listo para ahorcarse en el primer árbol que vea.

»Bueno, al final sir Dominick decidió aguardar y regresó a su casa con una bolsa llena de dinero tan grande y redonda como su sombrero.

»Mi abuelo se alegró mucho, puede estar seguro de ello, de ver de nuevo al amo sano y salvo tan pronto. El señor volvió a golpear la ventana y entró en la cocina con la bolsa que dejó sobre la mesa; se irguió cual alto era y levantó los hombros como el hombre que acaba de librarse de un gran peso; luego contempló la bolsa, mi abuelo le miró a él y luego a la bolsa. Sir Dominick estaba tan blanco como una sábana.

»—Con, ignoro lo que hay ahí dentro —murmuró—, pero es la carga más pesada que he acarreado jamás.

»Parecía indeciso de abrir la bolsa, y antes hizo que mi abuelo avivara el fuego de leña y turba, y al final la abrió y, seguro, estaba llena de guineas de oro, brillantes como nuevas, como si en aquel mismo instante hubieran salido de la Ceca.

»Sir Dominick invitó a mi abuelo a sentarse a su lado mientras él iba contando cada guinea de la bolsa.

»Terminada la cuenta, y ya no estaba lejos el amanecer, sir Dominick le hizo jurar a mi abuelo que no diría nada de aquello. Y el secreto se guardó durante largo tiempo.

»Cuando se aproximaba el fin del plazo de ocho meses y veintiocho días, sir Dominick regresó a su casa con la mente muy turbada, pues no sabía qué era lo que más le convenía, en tanto nadie sabía nada del pacto, exceptuando a mi abuelo, y aún este sólo conocía una parte del mismo.

»A medida que se acercaba el temido día, hacia finales de octubre, sir Dominick se fue mostrando más y más turbado.

»Por un momento pensó no volver a pensar en aquel asunto ni salir al encuentro del caballero en el robledal de Murroa. Pero de nuevo le faltó el valor cuando recordó todas sus deudas, sin saber adónde girarse. Después, a sólo una semana de cumplirse el plazo, todo empezó a ir de mal en peor. Un individuo escribió desde Londres diciéndole a sir Dominick que había pagado tres mil libras a un hombre que no era el acreedor, por lo que debía volver a pagarlas; otro le exigió una deuda que ni siquiera había oído nombrar; y otro más, en Dublín, le negó el pago de una factura astronómica, y sir Dominick no pudo encontrar el resguardo, y así sucesivamente, con otras cincuenta cosas igual de malas.

»Bien, por fin llegó la noche del 28 de octubre, sir Dominick estaba a punto de perder la cabeza con tantas demandas que contra él surgían de todas partes, y nadie podía ayudarle a no ser el caballero que le había citado en el robledal.

»Como no podía hacer otra cosa más que acudir a la temida cita, antes de marchar se quitó el pequeño crucifijo que llevaba al cuello, porque era un ferviente católico, su devocionario, y una reliquia de la verdadera cruz que guardaba en un estuche, pues desde que había aceptado el dinero del Maligno el miedo había aumentado en su interior, por lo cual había ido guardando todo cuanto podía protegerle contra el poder del Mal. Todo lo puso en manos de mi abuelo sin hablar, pues estaba tan blanco como una hoja de papel, y luego tomó su sombrero y su espada, y diciéndole a mi abuelo que más tarde lo buscase si no volvía, se marchó en busca de su destino.

»Era una noche sosegada, y la luna —aunque no tan brillante como la primera vez—, brillaba sobre el brezal y las rocas, mientras él descendía hacia el robledal.

»Sentía su corazón oprimido cuando se aproximaba al lugar. No se oía ni un sonido, ni siquiera el distante ladrido de algún perro del pueblo. Seguro que no había un sitio más solitario en todo alrededor, y a no ser por las deudas y las pérdidas que le tenían medio loco, a pesar de sus temores por su alma y por sus esperanzas del paraíso, y por todo cuanto su ángel custodio parecía susurrarle al oído, habría dado media vuelta, habría enviado en busca del párroco, se habría confesado, habría cumplido la penitencia y habría cambiado de costumbres, llevando un buena vida, porque lo cierto era que se hallaba realmente amedrentado.

»Más suaves y más lentos se fueron haciendo sus pasos al llegar, una vez más, bajo las grandes ramas de los añosos robles, y cuando estuvo ya muy cerca del sitio donde había encontrado la vez anterior al espíritu del mal, se paró en seco y miró en torno, y sintió que se iba quedando tan frío como un muerto, y puede usted estar seguro de que no se sintió mucho mejor cuando percibió al mismo caballero que salía de detrás de un árbol que casi tocaba el codo de sir Dominick.

»—Viste que el dinero era bueno —dijo el caballero de primera intención—, pero insuficiente. No importa, te sobrará dentro de poco. Yo velaré por tu suerte y te daré un anticipo que pueda servirte, y siempre que quieras verme no tienes sino venir aquí, llamarme y me presentaré. No deberás ni un chelín al finalizar el año, nunca te fallará ninguna carta, sacarás la mejor, y serás el ganador. ¿De acuerdo?

»La voz del joven caballero casi estaba atascada en la garganta de sir Dominick, se le estaba erizando el cabello, y no articuló ni una sola palabra que significara que consentía; con esto, el Maligno le dio un alfiler y le ordenó pincharse tres veces en el brazo para que manaran tres gotas de sangre; luego, el joven las tomó en el cuenco de una bellota, le dio una pluma a sir Dominick y le ordenó escribir las palabras que él le dictaría, cosa que sir Dominick no entendió, en dos finas hojas de pergamino. Luego, el caballero cogió una y embutió la otra bajo el brazo de sir Dominick, en el mismo sitio donde se había vertido la sangre, y le cicatrizó la pequeña herida. ¡Y esto es tan verdad como que ahora estoy sentado aquí!

»Bien, sir Dominick volvió a su casa. Era un hombre terriblemente asustado, y bien podía estarlo. Pero no tardó mucho en calmarse un poco. En efecto, en muy poco tiempo liquidó todas sus deudas, y el dinero acudió a él en cascada haciéndole más rico que antes, pues todo cuanto emprendía prosperaba, y nunca hacía una apuesta o tomaba parte en un juego que no ganase; mas pese a esto, incluso el hombre más pobre de la comarca era más feliz que sir Dominick.

»De modo que volvió a sus antiguas costumbres, porque con la llegada del dinero volvió todo a ser igual a lo de antes, y hubo perros de caza y caballos y corrió el vino en abundancia, y hubo mucha compañía, y grandes diversiones y todo fue animación en la gran mansión. Algunos incluso dijeron que sir Dominick pensaba casarse, aunque muchos más decían que esto no era cierto.. Pero, sea como sea, sí había algo que le perturbaba más que de ordinario, y así, una noche, ignorado por todos, volvió a marchar hacia el solitario robledal. Mi abuelo pensó que se trataba de una joven damita de la que se había enamorado y por la que rabiaba de celos. Pero esto era sólo una sospecha.

»Bien, cuando sir Dominick llegó al bosque aquella vez, estaba más asustado que nunca; y ya iba a dar media vuelta y largarse de allí, cuando ¿a quién vio de pronto sino al joven caballero sentado sobre una piedra debajo de un viejo roble? En lugar de aparecerse como un rico caballero con ropas señoriales y grandes encajes, como la otra vez, ahora llevaba unos harapos, parecía dos veces más alto que antes y tenía el rostro tiznado, y sobre las rodillas había un gran martillo de acero, que al menos pesaba media tonelada, con un mango de un metro de largo. Estaba tan oscuro bajo el árbol que sir Dominick no divisó claramente al aparecido por algún tiempo.

»El ahora harapiento se levantó y, en efecto, su estatura era exagerada. Pero lo que pasó entre ellos dos, mi abuelo nunca llegó a saberlo. Desde entonces sir Dominick se mostró tan negro como la noche, sin reír nunca ni hablar casi con nadie, y cada día se fue poniendo peor y peor, y más oscuro y más oscuro. Y aquella cosa, fuese lo que fuese, le asaltaba por su propio acuerdo, queriéndolo o no; a veces de una forma, a veces de otra, en sitios solitarios, a veces de noche, a veces cuando regresaba a caballo. Y al final tanto perdió el coraje que envió en busca de un sacerdote.

»El sacerdote estuvo con él largo tiempo, y cuando hubo escuchado toda la historia, cabalgó hacia el obispado y el obispo llegó a la mansión al día siguiente, para darle a sir Dominick buenos consejos. Le amonestó, diciéndole que debía dejar de jugar, de blasfemar y de beber, y abandonar todas las malas compañías, llevando una vida virtuosa hasta que se hubieran cumplido los siete años del pacto, puesto que así, si el diablo venía en su busca un minuto después de la última campanada del comienzo del uno de marzo, estaría a salvo del pacto. Sólo faltaban ocho o diez meses para que finalizara el plazo de los siete años, y sir Dominick los vivió continuamente según los consejos del obispo, tan estrictamente como si estuviera «en retiro».

»Puede suponerse cuán angustiado estaría sir Dominick cuando llegó el 28 de febrero.

»Acudió a la cita el sacerdote, y sir Dominick y su reverencia entraron en la habitación que se ve desde aquí, rezando conjuntamente hasta que el reloj dio las doce; y al cabo de una hora no hubo la menor señal de trastorno ni nada ni nadie se les acercó, y aquella noche el sacerdote durmió en la casa, en el dormitorio contiguo al de sir Dominick, y todo pasó lo mejor posible, y ambos se estrecharon las manos y se besaron como dos camaradas tras ganar una batalla.

»Luego, sir Dominick pensó que bien podía disfrutar de un grato atardecer después de tanto ayuno y tanto rezo; por lo que invitó a media docena de individuos de la vecindad para que cenaran con él, y su reverencia también se quedó y asistió a la cena, y tomaron algunos ponches, y abundantes vasos de vino, y juraron y jugaron a los dados y a las cartas y muchas guineas pasaron de mano en mano, y hubo canciones y anécdotas, no muy gratas de oír, y el sacerdote se marchó cuando vio el giro que tomaba la fiesta, y no faltaba mucho para las campanadas de medianoche cuando sir Dominick, sentado a la cabecera de la mesa, juró que «este es el mejor primero de marzo que he disfrutado en compañía de mis amigos».

»—No es el primero de marzo —le contradijo el señor Hifferman de Ballyvoreen.

»Era un erudito y siempre consultaba el almanaque.

»—¿Qué día es, pues? —quiso saber sir Dominick, levantándose y dejando caer la cuchara en su vaso, mirando a su interlocutor como si fuese un monstruo de dos cabezas.

»—Hoy es el veintinueve de febrero, por ser año bisiesto —le informó el otro.

»Y mientras hablaban, el reloj fue desgranando las doce campanadas, y mi abuelo, que estaba medio dormido en una silla junto al fuego del vestíbulo, abrió lo ojos y vio a un tipo bajito y gordo, de levita, y una larga cabellera que sobresalía de su sombrero, de pie justo donde usted puede ver la línea de luz del vestíbulo.

(Mi jorobado señaló con el bastón un resquicio de luz rojiza del crepúsculo que aliviaba las densas sombras del pasadizo.)

»—Dile a tu señor —le dijo el gordinflón, con una voz espantosa como el chillido de un murciélago— que he llegado para la cita y espero que baje ahora mismo.

»Mi abuelo se puso de pie y subió los mismos peldaños en que está usted sentado ahora.

»—Dile que todavía no quiero bajar —fue la respuesta de sir Dominick a mi abuelo, y se giró hacia sus compañeros, añadiendo con un sudor frío brillándole en la cara—: Por favor, amigos míos, ¿quiere alguno de vosotros saltar por la ventana y traer al sacerdote?

»Se miraron los unos a los otros y ninguno se decidía a hacer tal favor, y mientras tanto mi abuelo, que había bajado, volvió a subir para manifestar, temblando:

»—Dice ese individuo que si usted no sube, señor, subirá él.

»—No lo entiendo, amigos. Iré a ver qué significa —observó sir Dominick, tratando de expresar ignorancia.

»A continuación salió de la estancia como un hombre lleno de responsabilidades, con el verdugo aguardándole abajo. Descendió al vestíbulo, y dos o tres de sus camaradas atisbaron por encima del pasamanos. Mi abuelo bajaba seis o siete peldaños tras él, y vio cómo el desconocido avanzaba hacia sir Dominick, le cogía entre sus brazos y le giraba la cabeza contra la pared, con la puerta de entrada abierta, y apagados los candeleros, y las cenizas de la leña y la turba volando fuera del hogar y dejando un rastro de chispas hasta llegar a los pies del amo.

»Los amigos de sir Dominick bajaron también. La puerta del vestíbulo dejó oír un fuerte golpe. Unos subieron, otros bajaron, todos con luces. Todo había terminado para sir Dominick. Levantaron el cadáver y lo colocaron de espaldas a la pared, pero no quedaba en él ni asomo de vida. Ya estaba helado y rígido.

»Pat Donovan se dirigía aquella noche a la mansión y tras haber pasado el vado en su carruaje, y al llegar a unos cincuenta pasos de la casa, su perro, que iba a su lado, efectuó un giro súbito y saltó hacia la pared, aullando con tanta fuerza que debió oírse a más de una milla de distancia; y en aquel momento pasaron dos hombres frente a Pat Donovan, en silencio, saliendo de la casa, uno bajo y gordinflón, y el otro con la figura de sir Dominick, pero como donde él estaba bajo los árboles había poca luz, sólo divisó un par de sombras, y como al pasar por su lado no oyó el rumor de los pasos, se arrimó a la pared muy asustado y cuando entró en la mansión lo halló todo en gran confusión, y el cuerpo del señor, con la cabeza destrozada, tendido justo en ese sitio.»

El narrador se levantó e indicó con la punta de su bastón el sitio exacto donde había estado el cadáver y, cuando miré hacia allá, la sombra aumentó, la luz solar ya no iluminaba la pared y el sol ya había descendido detrás de la distante loma de New Castle, dejando la escena embrujada en el profundo gris del crepúsculo vespertino.

El narrador y yo nos separamos, no sin despedirnos cortésmente, y con una pequeña «propina», que fue recibida con agradecimiento, de mi parte.

Era ya de noche y la luna brillaba cuando llegué al pueblo montado en mi rocín, y entonces eché mi última ojeada al escenario de la terrible leyenda de Dunoran.

## EL GATO BLANCO DE DRUMGUNNIOL

Existe la famosa historia de un gato blanco, que todos sabíamos de memoria en la guardería. Yo voy a relatar la historia de un gato blanco muy distinta de la de la hermosa y encantadora princesa que adoptó ese disfraz por una temporada. El gato blanco del que me ocuparé era un animal mucho más siniestro.

El viajero que va de Limerick a Dublín, tras pasar por los montes de Killaloe a la derecha, estando la montaña Keeper bien a la vista, se encuentra gradualmente encerrado, a la derecha, por una cordillera de montes bajos. Una llanura ondulante que desciende de forma gradual a un nivel más bajo que el de la carretera se interpone al paso y algunos setos diseminados por la comarca, alivian en cierto modo el carácter salvaje y melancólico de la misma.

Una de las pocas viviendas que enviaban sus volutas de humo de turba en aquella desolada llanura, era la casa de techo bajo y construida de arcilla, de un «poderoso granjero», en realidad, el más próspero de los de su clase en Munster. Se alzaba en medio de un bosquecillo, cerca de un sinuoso riachuelo, a medio camino entre las montañas y la carretera de Dublín, y había sido durante varias generaciones propiedad de una familia apellidada Donovan.

En un lugar distante, deseando estudiar unos libros irlandeses que habían caído en mis manos, y tras preguntar por un buen profesor capaz de enseñarme el lenguaje irlandés, me recomendaron para este propósito a un tal señor Donovan, soñador, inofensivo y experto.

Descubrí que había estudiado en calidad de becado en el Trinity College de Dublín. Vivía de la enseñanza y supuse que la orientación especial de mis estudios halagó su patriotismo nacional, porque dejó en libertad a sus largamente reservados pensamientos y recuerdos acerca de su país y sus años mozos. Fue él quien me contó esta historia, y voy a repetirla, lo mejor que sepa y pueda, con sus mismas palabras.

Yo ya había visto la antigua granja, con su huerto de magníficos manzanos. Había contemplado su peculiar paisaje, la torre sin techumbre, adornada de hiedra, que unos doscientos años antes había sido un refugio contra asaltos y saqueos, y que todavía ocupa su viejo lugar en una esquina del cobertizo, y los arbustos de denso follaje que a unos ciento cincuenta escasos pasos, recuerdan las labores agrícolas de una raza desaparecida; la oscura y elevada línea de la vieja Keeper al fondo, y la solitaria serie de colinas revestidas de tojos y brezales que forman una cercana barrera, con abundantes muros de roca gris, robles enanos y abedules La sensación de soledad componía un escenario bastante a propósito para una historia salvaje y sobrenatural. Y podía ver, imaginativamente, a la luz de una mañana gris y ventosa, amortajada en nieve, o bajo la melancólica gloria de un crepúsculo otoñal, o en el frío resplandor de una noche con luna, cómo podría haber ayudado a sincronizar una mente soñadora como la del honrado Dan Donovan, con la superstición y cierta propensión a las ilusiones de la fantasía. Sin embargo, es seguro que nunca me había tropezado con un ser de mentalidad tan simple o de tan buena fe en el que pudiera confiar por completo.

De niño, me contó, yo vivía en nuestro hogar de Drumgunniol, solía coger mi Historia de Roma de Goldsmith y bajar a mi asiento favorito, una losa plana, sombreada por un enorme oxiacanto al lado de un pequeña extensión de agua, más bien una charca amplia y profunda, como las que llaman «lago» en Inglaterra. La losa se hallaba situada en el tramo gentil de un campo que se proyectaba hacia el norte por el viejo huerto, y como era un sitio desierto resultaba muy favorable a la quietud de mis estudios.

Un día, estando allí leyendo como de costumbre, me cansé al fin y empecé a mirar a mi alrededor, rememorando las heroicas escenas que acababa de leer. Me hallaba tan despierto como lo estoy ahora, y vi aparecer una mujer por la esquina del huerto, descendiendo la pendiente. Llevaba un vestido largo, de color gris claro, tan largo que parecía barrer la hierba a su paso, y tan singular era su presencia en aquella parte del mundo donde el atavío femenino está inflexiblemente fijado por la costumbre, que no acerté a apartar mi vista de ella. Su rumbo iba diagonalmente de esquina a esquina del campo, siendo este bastante extenso, siguiéndolo sin el menor desvío.

Cuando estuvo más cerca pude ver que iba descalza y que fijaba los ojos en algún objeto remoto como guía. Su ruta se hubiera cruzado conmigo, de no haberse interpuesto el lago, a unos diez o doce metros por debajo del punto en que yo estaba sentado. Pero en vez de detener su marcha al llegar al borde del lago, como yo esperaba que haría, continuó sin tener, al parecer, conocimiento de su existencia, y la vi, tan bien como le estoy viendo a usted, señor, que cruzaba la superficie del agua, y pasaba, sin verme al parecer, a la distancia que yo había calculado.

Estuve a punto de perder el sentido a causa del terror. Yo sólo tenía trece años de edad y recuerdo todos los detalles como si ocurriese ahora mismo.

La figura pasó a través del claro en la esquina del campo, y allí la perdí de vista. Apenas tuve fuerzas para regresar a casa, y me sentí tan nervioso y finalmente tan enfermo, que finalmente me vi confinado en casa por espacio de tres semanas, sin poder estar solo ni un momento. Nunca volví a aquel campo, tal era el horror que desde aquel día me atenazaba el ánimo. Ni siquiera ahora, al cabo de tanto tiempo, me atrevería a volver allí.

Aquella aparición la relacioné con un suceso misterioso y también con una responsabilidad que por casi ocho años distinguió, o más bien afligió, a nuestra familia. No es ninguna tontería. Todo el mundo, en esa parte del país, lo conoce. Todo el mundo lo relacionó con lo que yo había presenciado.

Os lo contaré lo mejor que sepa.

Cuando cumplí los catorce años, o sea uno después de haber visto lo que vi junto al lado de aquel campo, estaba aguardando a mi padre que volviera de Killaloe. Mi madre también le aguardaba y yo con ella, pues nada me gustaba más que aquella especie de vigilia. Mis hermanos y hermanas, y los servidores de la granja, excepto los hombres que estaban conduciendo el ganado desde la feria, dormían en sus respectivas camas. Mi madre y yo nos hallábamos sentados junto a la chimenea entretenidos en una agradable charla, mientras ella vigilaba la cena de padre, que estaba en una olla sostenida sobre el fuego. Sabíamos que él llegaría antes que los hombres que conducían el ganado, porque iba a caballo, y nos había dicho que sólo esperaría a verles ya encaminados hacia casa, para espolear a su montura.

Al fin oímos su voz y el chasquido de su látigo contra la puerta, y mi madre abrió. Creo que jamás vi borracho a mi padre, lo cual no podían decirlo todos los chicos de mi edad en aquella parte del país, pero sí solía beber un vaso de whisky de vez en cuando, y generalmente volvía de una feria o un mercado un poco alegre, con algo de color en sus mejillas.

Aquella noche estaba, en cambio, hundido, pálido y triste. Entró con la silla de montar y la brida en sus manos, lo dejó caer todo junto a la pared, cerca de la puerta, y rodeó el cuello de mi madre con ambos brazos, besándola amorosamente.

—Bienvenido a casa, Meehal —le recibió ella, devolviéndole el beso.

—Dios te bendiga, querida —respondió él.

Y volviendo a abrazarla, se volvió hacia mí, que le estaba cogiendo una mano, como celoso de su cariño. Yo era bajito y delgado para mi edad, y él me levantó en alto y me besó, y con mis brazos en torno a su cuello, le ordenó a mi madre:

—Corre el cerrojo, de prisa.

Mi madre obedeció y él, tras bajarme al suelo sin muchas contemplaciones, fue hacia el hogar y se sentó en un taburete, extendiendo los pies hacia el fuego, con las manos en las rodillas.

—Vamos, Mick, querido —le rogó mi madre, con creciente ansiedad—, dime qué tal se ha vendido el ganado y si todo ha ido bien en la feria, si has discutido con el señor, ¡o qué diablos te sucede, mi querido Mick!

—Nada, Molly. Las vacas se vendieron bien, gracias a Dios, no hubo ninguna disputa con el señor y todo marcha bien. No pasa nada en ninguna parte.

—Entonces, Mickey, si esta es la verdad, dedícate a tu cena que está caliente, y cuéntanos las noticias que haya.

—Cené por el camino y no podría tragar ni un solo bocado más, Molly —respondió mi padre.

—Con que cenaste por el camino sabiendo que yo te la aguardaba, aquí sentada para vigilarla —gritó mi madre en son de reproche.

—Siempre le das un significado equivocado a cuanto digo —se quejó mi padre—. Algo sucedió que me dejó sin apetito, y voy a contártelo, Molly. Vi el gato blanco, mujer.

—¡El Señor se apiade de nosotros! —exclamó mi madre, tan pálida al momento como mi padre; pero luego, tratando de esbozar una sonrisa, añadió—: Bah, tratas de bromear conmigo... Seguro que un conejo blanco fue atrapado el domingo pasado, en el bosque de Grady; y Teigue vio una enorme rata blanca ayer en el cobertizo.

—No se trata de ningún conejo ni de ninguna rata. Comprenderás que sé distinguir un conejo o una rata de un gato blanco, con unos ojos verdes tan grandes como medios peniques y el lomo tan arqueado como un puente, el cual pasó por mi lado rozándome las espinillas y tal vez a punto de saltar hacia mi garganta... suponiendo que sea un gato y no algo peor...

Al terminar su descripción en voz baja, mirando directamente al fuego, su cara sudorosa y brillante con la humedad del miedo, suspiró, o mejor dicho, gruñó pesadamente.

Mi madre mostraba un intenso pánico, rezando nuevamente en medio de su gran temor, mientras yo me hallaba terriblemente asustado y a punto de llorar, porque sabía todo lo concerniente al gato blanco.

Palmeando la espalda de mi padre a modo de aliento, mi madre se inclinó hacia él, besándole, y luego estalló en sollozos. Mi padre empezó a acariciarle las manos, pareciendo estar muy turbado.

—¿No he traído nada a casa, verdad? —me preguntó con voz ronca.

—Nada, padre, aparte de la silla y la brida en tus manos.

—¿No he dejado nada blanco a la puerta? —insistió.

—Nada en absoluto.

—Así está mejor —asintió mi padre, persignándose y empezando a murmurar consigo mismo, por lo que conocí que también estaba rezando.

Tras esperar un rato para darle tiempo a acabar con sus oraciones, mi madre quiso saber dónde había visto aquella terrible aparición.

—Iba siguiendo el *bohereen* —palabra irlandesa que significa «sendero», como el que suele conducir a una granja—, cuando pensé que los hombres estaban por el camino con el ganado y nadie montaba a caballo más que yo, de modo que pensé que podía dejarlo en el campo de más abajo, y allí le dejé, sin una sola gota de sudor en su pelaje ya que no lo había forzado en absoluto. Fue entonces cuando, tras desmontar, y coger la silla y la brida en mis manos, cuando vi al gato blanco corriendo sobre la hierba que crecía a un lado del sendero, regresando por el mismo sitio, parándose ante mí, y mirándome con sus salvajes ojos brillante; luego, creí oírle gruñir sin apartarse de mí... muy, muy cerca, hasta que finalmente llegué a la puerta de casa y golpeé fuerte con el látigo.

Bien ¿que había en aquel incidente tan simple que agitara tanto a mi padre, a mi madre, a mí y finalmente a todos los miembros de aquel rústico hogar, con un terrible presentimiento? Lo cierto era que todos nosotros creímos que mi padre acababa de recibir, en su encuentro con el gato blanco, el aviso de su próxima muerte.

El augurio nunca había fallado. Ni falló entonces. Al cabo de una semana mi padre enfermó de fiebres y antes de un mes había muerto.

Mi honrado amigo, Don Donovan, hizo una pausa, y comprendí que estaba rezando por el descanso del alma de su padre.

Poco después reemprendió su relato.

Ahora hace ochenta años que este terrible presagio quedó ligado a mi familia. Sucedió de este modo.

Mi bisabuelo, Connor Donovan, poseía la vieja granja de Drumgunniol por aquel entonces. Era mucho más rico que lo fue mi padre y que el padre de mi padre, porque pidió un préstamo de Balraghan y con él ganó mucho dinero. Pero el dinero no suavizó su duro corazón, pues temo que mi bisabuelo era un hombre cruel... era un hombre generoso, seguro, y esto suele endurecer el corazón de un hombre. Bebía bastante, maldecía y juraba cuando se sentía vejado, más de lo que era bueno para su alma.

En aquellos días, había una hermosa joven de los Coleman, en las montañas, no lejos de Capper Cullen. Creo que ahora ya no queda ningún Coleman allí y que la familia se ha extinguido. Sí, la hambruna hizo grandes cambios.

Se llamaba Ellen Coleman. Los Coleman no eran ricos, pero como ella era tan bella, podía haber hecho un buen casamiento. No podía haberlo hecho peor de lo que fue el suyo, pobrecita.

Con Donovan —mi bisabuelo, Dios le perdone—, en sus correrías, la vio algunas veces en las ferias y demás, y se encaprichó de ella... ¿y quién no?

Pero la trató muy mal. Le prometió matrimonio y la convenció para que huyese con él; pero al final quebrantó su palabra. Sí, la vieja historia. Se cansó de ella, quiso ir solo por el mundo y se casó con una hija de los Collopy, que poseían una gran fortuna: veinticuatro vacas, setenta ovejas y ciento veinte cabras.

Se casó, pues, con Mary Collopy y así llegó a ser más rico que antes; y Ellen Coleman murió roto el corazón, cosa que no perturbó demasiado al poderoso granjero.

A este le habría gustado tener hijos, pero no tenía ninguno y esta era la única cruz que soportaba, pues todo lo demás marchaba a su gusto.

Una noche, regresaba de la feria de Nenagh. Por aquel entonces, un riachuelo cruzaba el camino, por lo que habían tirado un puente hacía ya algún tiempo en aquel sitio, aunque su cauce estaba seco en verano. Cuando era así, como pasaba muy cerca de la granja de Drumgunniol, sin dar un gran rodeo, y era más bien un sendero, la gente solía usarlo como atajo para llegar a la casa. En aquel cauce seco, brillando en el cielo la luna, mi bisabuelo giró su caballo y, cuando hubo llegado a la altura de los dos fresnos en el límite de la granja, obligó al caballo a enfilar aquel puente tratando de llegar al bosquecillo de robles, por lo que hubiera estado a sólo unos centenares de metros de su puerta.

Al aproximarse a aquella «brecha», vio, o creyó ver, con lentos movimientos, deslizándose por tierra hacia el mismo sitio, de vez en cuando mediante un suave salto, un objeto blanco que describió como más grande que su sombrero, si bien no había logrado acertar qué era, puesto que de pronto desapareció a lo largo del seto, o sea por el mismo lugar al que él se dirigía.

Cuando llegó a la brecha, el caballo se detuvo en seco. Mi bisabuelo le espoleó y hasta mimó, pero en vano. Desmontó para llevarlo por la brida, pero el animal reculó, piafó y pareció sufrir un ataque nervioso. Mi bisabuelo volvió a montar, pero el caballo continuó aterrado, resistiéndose obstinadamente a las caricias y al látigo. En lo alto brillaba la luna y mi bisabuelo estaba como loco por la resistencia del caballo, por lo que al ver que no podía lograr que echara a andar; y estando tan cerca de su casa, con la poca paciencia que aún le quedaba, lo espoleó de nuevo y, gracias al látigo y a las espuelas, a sus maldiciones y a sus juramentos, consiguió que el caballo le obedeciese.

De pronto, el animal emprendió un galope y Con Donovan, al pasar por debajo de una ancha rama del roble, vio claramente a una mujer que estaba a la orilla del riachuelo, a su lado, el brazo extendido, y cuya mano, como si fuese a emprender el vuelo, se abatió fuertemente sobre su hombro. El golpe lo empujó hacia el cuello del animal que, presa de terror, llegó hasta la casa a un galope desenfrenado, y allí se paró temblando y relinchando.

Más muerto que vivo, mi bisabuelo entró en casa. Contó lo sucedido a todos los allí reunidos, al menos lo que recordaba. Su esposa apenas supo qué pensar. Pero no pudo dudar de que algo muy funesto había ocurrido. Mi bisabuelo estaba como desmayado, muy enfermo, y suplicó que enviaran en busca del sacerdote. Cuando le estaban metiendo en cama, observaron distintamente las marcas de cinco garras en el hombro, donde había recaído el golpe. Aquellas marcas tan singulares, que según dijeron, se parecían a la magulladuras amoratadas causadas por un rayo, quedaron fijas en su piel y con ellas le enterraron.

Cuando se hubo recobrado lo suficiente para discutir con los demás, con la voz del que se halla en su última hora, descargando su corazón y su turbada conciencia, repitió su historia, aunque aseguró no haber divisado en absoluto la cara de la figura que estaba inmóvil en aquella brecha. Nadie le creyó. Pero él le contó al cura más que a los otros. Ciertamente, tenía un secreto que contar. Lo hubiera podido divulgar francamente, pero los vecinos comprendieron que en realidad era la cara de la difunta Ellen Coleman lo que había visto.

Desde aquel momento mi bisabuelo ya no levantó cabeza. Era un hombre callado, asustado, sin bríos. A la sazón era verano y a la caída de la hoja de aquel mismo año falleció.

Claro está, hubo un duelo adecuado a un hombre de su fortuna. Sin embargo, por algún motivo desconocido por mí, las disposiciones del ceremonial se apartaron un poco de la rutina en tales ocasiones.

La práctica usual consiste en colocar el cadáver en la habitación mayor, o cocina, como la llaman, de la casa. Pero en aquel caso particular hubo, como dije, unas disposiciones diferentes. Colocaron el cadáver en una estancia pequeña que daba a la grande. La puerta de esta, durante el funeral, permaneció abierta. Había cirios apagados en torno al lecho, pipas y tabaco en una mesa y taburetes para los invitados que quisieran entrar pasando por dicha puerta abierta.

El cuerpo, una vez dispuesto debidamente, quedó en plena soledad en la habitación más pequeña, durante los preparativos del funeral. Pasada la medianoche, una de las mujeres que se acercó a la cama a fin de coger un asiento que ella misma había dejado allí, salió de la habitación lanzando grandes voces y, cuando hubo recobrado el habla, en el extremo más alejado de la «cocina», rodeada por varios de los presentes, exclamó al fin:

—¡Que no me sean perdonados mis pecados, si no ha levantado la cabeza mirando fijamente a la puerta, con unos ojos tan grandes como platos, brillantes a la luz de la luna!

—¿Estás loca, mujer? —exclamó uno de los mozos de la granja, pues así les llamaban, aunque que los había de todas las edades.

—Bah, mujer, no hables así... Como el cuarto está a oscuras, viste visiones... ¿Por qué no te llevaste una vela, boba? —añadió una de sus compañeras.

—Con vela o sin vela yo sé lo que vi —insistió Molly. Más aún, puedo jurar que lo he visto, y también que el muerto ha extendido una mano hasta el suelo, su brazo tres veces más largo que en vida, para cogerme los pies...

—¡Tonterías! ¿Por qué querría cogerte por los pies? —preguntó otro mozo en son de burla.

—Dadme una vela, en nombre de Dios —pidió la vieja Sal Doolan, que era una mujer muy erguida y muy esbelta, que sabía rezar casi como un cura.

—¡Dadle una vela! —gritaron algunos.

Pero a pesar de sus burlas no había uno solo entre ellos que no estuviese pálido y tembloroso al seguir a la señora Doolan, que iba murmurando unas oraciones, a la cabeza del cortejo con una vela que sus dedos sostenía como una bujía.

La puerta estaba sólo entornada, tal como Molly la había dejado al huir tan asustada, y entonces, sosteniendo muy en alto la vela para ver mejor, tras cierta vacilación, La señora Doolan penetró en la salita.

Si mi bisabuelo había alargado la mano hasta el suelo de la manera tan poco natural descrita por la primera mujer, había vuelto a meterla bajo la sábana que le cubría. Y la alta señora Doolan no corría el menor peligro de tropezar con aquel brazo cuando entró allí. Pero apenas había dado un par de pasos a la luz incierta de la vela, cuando, con la cara contraída, se paró en seco, contemplando el lecho que ahora estaba bien a la vista.

—El Señor nos bendiga, señora Doolan, oh, señora... volvámonos... —gritó la mujer que estaba a su lado, cogiéndola por el vestido, o por su «bata», como dicen allí, arrastrándola hacia atrás con un brusco tirón, mientras los demás reculaban también, alarmados ante la atemorizada actitud de la anciana.

—¿Queréis callar? —gritó ella perentoriamente, yendo delante del grupo—. No me oigo ni a mí misma con el ruido que hacéis por haber visto a ese gato... Y por cierto ¿qué gato es? —preguntó, observando suspicazmente un gato blanco que estaba sentado sobre el pecho del cadáver.

—¡Quitadlo de ahí, por favor! —chilló, con el horror de la profanación en su voz—. Con tantos cadáveres como yo he tendido en sus camas, con tantos a los que he persignado, jamás había visto algo semejante. ¡El señor de la casa con un animal como ese montado sobre él, como un demonio, así Dios me perdone por nombrarle en esa habitación! ¡Sacadle de ahí, vamos! ¡Ahora, ahora mismo, en este instante!

Todos iban repitiendo la orden, pero ninguno parecía ansioso por ejecutarla. Se persignaban, susurraban sus conjeturas sobre la naturaleza del animal, que no era el gato de la casa ni lo habían visto nunca. De repente, el gato blanco saltó hacia la almohada que sostenía la cabeza del muerto, y tras contemplar a todos los allí reunidos durante unos instantes por encima de las facciones del difunto, empezó a gatear sobre el cadáver hacia ellos, gruñendo bajo y ferozmente a medida que se les iba acercando.

Todos se apresuraron a abandonar la habitación en tremenda confusión y cerraron la puerta precipitadamente a sus espaldas, y por un tiempo más que prudente ninguno se atrevió a asomarse a aquel cuarto.

El gato blanco volvió a su sitio primitivo, o sea sobre el pecho del muerto, pero luego empezó a arrastrarse por un lado de la cama, desapareciendo bajo la sábana que estaba extendida como un cobertor y que por ambos lados colgaba hasta el suelo, ocultando así la vista del cadáver.

Rezando, persignándose y sin olvidar echar por todas partes agua bendita, volvieron a mirar y finalmente a buscar, con palas, azadones, horcas y utensilios semejantes, debajo de la cama. Pero no hallaron al gato, por lo que llegaron a la conclusión de que se había marchado pasando inadvertido por entre los pies de todos los que se habían antes agrupado en el umbral de la estancia. Rápidamente, atrancaron aquella puerta a cal y canto.

Pero cuando a la mañana siguiente abrieron dicha puerta, encontraron al gato blanco sentado, como si nunca se hubiera movido de allí, sobre el pecho del difunto.

De nuevo tuvo lugar casi la misma escena del día anterior con un resultado parecido, sólo que algunos dijeron que habían visto al gato después, como al acecho, bajo una gran caja que había en una esquina del gran salón donde mi bisabuelo guardaba sus contratos y demás documentos, así como su libro de oraciones y el rosario.

La señora Doolan le oía gruñir junto a sus pies cada vez que entraba en aquella habitación, y aunque no podía verle, sí podía oírle en el respaldo de su silla cuando ella se sentaba, gruñendo junto a su oído, de modo que la pobre mujer daba un salto y un chillido, y rezaba apresuradamente, temiendo que el maldito gato blanco le apretase la garganta con sus zarpas.

Y el monaguillo del cura, mirando por la esquina exterior de la casa y debajo de las ramas de los árboles del huerto, divisó un gato blanco sentado bajo la ventana de la estancia donde mi bisabuelo estaba tendido, mirando a través de los cristales de dicha ventana como un gato acechando a un pájaro.

El final de aquel desdichado incidente es que el gato fue encontrado otra vez sobre el cadáver cuando la gente empezó a entrar allí, y aunque el gato parecía desaparecer a veces, volvían a verle en el mismo sitio, sobre el pecho del muerto, siempre que alguien entraba en el cuarto. Y esto continuó, con gran escándalo y temor del vecindario, hasta que por fin se abrió la puerta a fin de proceder al entierro.

Estando ya bajo tierra mi bisabuelo, con todas las debidas solemnidades, he terminado con él. Pero no así con el gato blanco. Ningún duende ha estado más unido a una familia que esa ominosa aparición a la mía. Aunque con una diferencia. Un duende parece estar animado por una afectuosa simpatía hacia la afligida familia a la que se halla ligado hereditariamente, mientras que este gato blanco muestra siempre una cierta malicia. Simplemente, es un mensajero de muerte. Y al adoptar la forma de un gato, el más frío, según dicen, el más vengativo de los animales, indica el espíritu de su visita.

Cuando estuvo cercana la muerte de mi abuelo, aunque por aquel entonces gozaba de muy buena salud, se apareció, no exactamente igual, pero sí casi en la misma forma que ya le conté se había aparecido a mi padre por aquel camino.

El día antes de morir mi tío Teigue al estallarle su arma, el gato blanco se le apareció por la noche, al crepúsculo, junto al lago, en el mismo campo donde yo vi a la mujer caminando sobre el agua, como ya le dije. Mi tío estaba limpiando el cañón de su arma a la orilla del lago. Allí la hierba no es muy alta ni hay ningún sitio oculto a la vista por allí. Mi tío no supo cómo se le aproximó, pero lo primero que vio fue al gato blanco dando vueltas en torno a sus pies, a la luz crepuscular, retorciendo coléricamente su rabo, con una luminosidad verdosa en los ojos, y por más que mi tío intentó alejarle, el animal continuó dando vueltas a sus pies, trazando círculos más o menos amplios, hasta que el hombre llegó al huerto, donde lo perdió de vista.

Mi pobre tía Peg —casada con uno de los O'Brian, cerca de Oolah— llegó a Drumgunniol para asistir al funeral de un primo que había muerto a una milla de distancia de allí. Pues bien, ella falleció, pobre mujer, sólo un mes más tarde.

Al volver del funeral, a las dos o las tres de la madrugada, cuando llegó a la vista de la torre de la granja de Drumgunniol, vio al gato blanco a su lado, sin apartarse de ella en absoluto, por lo que mi tía Peg estuvo a punto de desmayarse varias veces hasta llegar a la puerta de la casa, donde el animal dio un increíble salto y se encaramó al espino que crece junto al cobertizo, separándose así de ella. Y mi hermano menor, Jim, también lo vio justo tres semanas antes de morir. Todos los miembros de mi familia que mueren, o cogen una enfermedad mortal, en Drumgunniol, es seguro que ven al gato blanco, y ninguno de los que lo ven puede esperar vivir por mucho tiempo después de tal visión.

## EL FANTASMA DE LA SEÑORA CROWL

Soy ya una anciana, y tenía trece según el último cumpleaños, la noche que llegué a Applewale House. Mi tía trabajaba allí como ama de llaves y un carruaje tirado por un caballo descendió para conducirme hasta Lexhoe y llevarme, con mi maleta, a Applewale.

Cuando finalmente llegué a Lexhoe estaba un poco asustada, y cuando divisé el carruaje y el caballo, deseé poder volver al lado de mi madre en Hazelden. Lloraba cuando subí al «calesín», que así solían llamar a aquel coche, y el viejo John Mulbery que lo conducía y era muy buena persona, me compró unas manzanas en el Golden Lion, para animarme un poco; me dijo luego que me estaban esperando un pastel de pasas, té y salchichas de cerdo, todo caliente, en el cuarto de mi tía de aquella inmensa casa. Era una hermosa noche de luna y devoré las manzanas mientras miraba por la ventanilla del calesín.

Es una vergüenza que unos caballeros asusten a una pobre tontuela como yo era entonces. A veces pienso que se trató de una broma. Lo cierto es que había un par de jóvenes a mi lado, junto a la portezuela. Y me preguntaron, después de anochecer, cuando salió la luna, adónde me dirigía. Bueno, les contesté que me esperaba la señora Arabella Crowl, de Applewale House, cerca de Lexhoe.

—Oh... —exclamó uno de ellos—, entonces no estarás mucho tiempo allí.

Le miré como preguntando «¿por qué no?», toda vez que yo había hablado con cierto orgullo al responderles adonde iba, como si se tratara de un lugar muy lujoso..

—Porque —me informó él—, y por tu vida no se lo digas a nadie, cuando la veas... está poseída por el diablo y casi es medio fantasma. ¿Tienes una Biblia?

—Sí, señor, claro.

Sabía que mi madre la había metido en la maleta, y hoy día, aunque su letra es demasiado pequeña para mi edad, la conservo a mi lado.

—Sí, señor —asentí, mirando al joven, y me pareció que le guiñaba un ojo a su compañero, pero no estuve segura.

—Bien —continuó—, asegúrate de tenerla junto a tu cama todas las noches, y esto impedirá que la vieja te coja entre sus zarpas.

Me asusté mucho al oír esto, claro está. De buena gana le habría preguntado al joven más cosas acerca de la anciana dama, pero yo era demasiado tímida y él y su amigo empezaron a charlar de sus cosas, y por mi parte, tal como dije, tenía que apearme en Lexhoe. Mi corazón se sintió oprimido cuando pasamos por la oscura avenida. Los árboles eran muy gruesos y altos, y tan viejos como la antigua casa, de modo que cuatro personas cogidas de las manos no podrían rodearlos.

Bien, yo estiraba el cuello fuera de la ventanilla, tratando de divisar por primera vez la mansión cuando, de repente, nos detuvimos frente a la misma.

Era una casa gris, con grandes vigas negras horizontales y verticales, y unos tejados, blancos como sábanas, que parecían sobresalir para mirar la luna, a la sombra de los árboles, dos o tres delante de la fachada, cuyas hojas pueden contarse, con todos los cristales de las ventanas semejantes a diamantes, muy relucientes los de los ventanales del salón, y grandes postigos, al estilo antiguo, con los goznes en la pared exterior, y los demás de la fachada atrancados; en la mansión sólo había tres o cuatro sirvientes, y la anciana dama, y casi todas las habitaciones estaban cerradas.

El corazón me subió a la boca cuando terminó el viaje, con la gran mansión ante mí, y me sentí cerca de mi tía, a la que no había visto hasta entonces, y de la señora Crowl, a la que esperaba conocer y a la que ya temía.

Mi tía me besó en el vestíbulo y me condujo a su habitación. Era una mujer alta y delgada, con una cara pálida y grandes ojos negros, unas manos largas y delgadas, cubiertas con mitones negros. Pasaba de los cincuenta y era parca en el hablar, pero su palabra era ley. No puedo quejarme de ella aunque era una mujer severa, y supongo que se habría mostrado más amable conmigo de haber sido yo hija de su hermana y no de su hermano. Pero todo esto no tuvo ninguna consecuencia.

El caballero —que se llamaba Chevenix Crowl, era nieto de la señora Crowl— visitaba la mansión, para ver si su abuela estaba bien tratada, un par de veces al año. Yo le vi exactamente en dos ocasiones mientras estuve en Applewale House.

No puedo decir que la señora Crowl no estuviese bien atendida, pero esto era porque mi tía y Meg Wyvern, su criada, eran mujeres de conciencia y cumplían con su deber para con ella.

La señora Wyvern —mi tía la llamaba Meg Wyvern, pero siempre señora Wyvern cuando se refería a ella ante mí— era gorda, de unos cincuenta años, de buena estatura y buena anchura, siempre de buen humor y lento caminar. Tenía un buen sueldo pero era un poco avara y guardaba sus delicadas ropas bajo llave, por lo que casi siempre llevaba un vestido de algodón color chocolate, con puntillas rojas, amarillas y verdes, y unos realces, vestido que tenía ya muchos años y, al parecer, aún le esperaban muchos más.

Nunca me dio nada, ni el valor de un simple dedal, pero siempre estaba de buen humor y riendo, y charlaba sin parar mientras tomaba el té; y cuando me veía triste y apenada, trataba de animarme con sus risas y sus historias; y creo que me gustaba más que mi tía —ya que los niños siempre gustan de un cuento divertido—, a pesar de que ella era muy buena para mí, si bien autoritaria en algunas cosas y siempre callada.

Mi tía me llevó, pues, a su dormitorio, donde pude descansar un poco en tanto ella disponía el té en su habitación. Pero antes me sacudió cariñosamente por los hombros y dijo que estaba muy crecida para mi edad, que tenía muy buen semblante y me preguntó si había hecho tareas domésticas y si sabía coser; me miró fijamente, y dijo que me parecía a mi padre, su hermano, que había muerto, y esperaba que yo fuera mejor cristiana, y continuó un buen rato con esta clase de cosas.

En realidad, pensé que era un largo interrogatorio para ser la primera vez que estaba en su habitación.

Cuando pasé a la estancia contigua, que era el cuarto del ama de llaves, muy cómoda, revestida con madera de roble, contemplé un buen fuego con carbón, turba y leña, todo mezclado; el té sobre la mesa, un pastel caliente y carne ahumada; y allí estaba la señora Wyvern, gorda, alegre y charlando por los codos, diciendo más cosas en una hora que mi tía lo haría en un año.

Mientras yo estaba sentada tomando el té, mi tía subió a ver a la señora Crowl.

—Ha subido a ver si la vieja Judith Squailes está despierta —me informó la señora Wyvern—. Judith se sienta con la señora Crowl cuando yo y la señora Shutters —que tal era el nombre de mi tía— no estamos. La señora Crowl es una anciana muy fastidiosa. Es preciso vigilarla constantemente, de lo contrario podría caerse al fuego o desde una ventana, porque es muy inquieta a pesar de su edad.

—¿Cuántos años tiene? —quise saber.

—Noventa y tres el último cumpleaños, y ya hace ocho meses —respondió ella, echándose a reír—. Y no hagas esta clase de preguntas delante de tu tía... Limítate a aceptarla tal cual es, nada más.

—¿Pero qué es lo que tendré que hacer, señora?

—¿Para la anciana dama? Bueno —fue la respuesta—, tu tía, la señora Shutters, ya te lo indicará; pero supongo que tendrás que estar sentada en su habitación con tu labor y procurar que la señora no cometa ninguna tontería, dejar que se divierta con las cosas que tiene en su mesa y servirle la comida o la bebida cuando lo pida, mantenerla fuera de todo peligro, y llamar al timbre si se pone muy pesada.

—¿Es sorda, señora?

—No, ni ciega. Es tan aguda como un alfiler, pero es muy vieja y no recuerda muy bien las cosas, y Jack el Asesino Gigante, o el

Santurrón de Dos Botas, le gustan tanto como la corte del rey, o los asuntos de la nación.

—¿Y por qué se marchó la otra muchacha el viernes pasado, señora? —pregunté aún—. Mi tía le escribió a mamá que iba a marcharse.

—Sí, se marchó.

—¿Por qué?

—No se lo dijo a la señora Shutters, supongo —contestó la señora Wyvern—. Y yo no lo sé. Y, por favor, no seas tan preguntona. A tu tía no le gustan las niñas preguntonas.

—Por favor, señora, ¿goza de buena salud la anciana dama?

—Bueno, no hay mal alguno en esta pregunta. Se quejó un poco últimamente, pero la semana pasada estuvo mejor, y me atrevería a decir que llegará a los cien años..... Chist... Tu tía viene por el corredor.

Entró mi tía y empezó a hablar con la señora Wyvern, y yo empecé a sentirme más cómoda y como en casa, mientras iba dando vueltas por la habitación mirando con curiosidad lo que allí había. Por ejemplo, una preciosa vajilla de porcelana antigua en un aparador, cuadros en las paredes y un armario con la puerta abierta, y colgada dentro vi una extraña chaqueta de cuero, con cinturón y hebilla, y unas mangas tan largas como las columnas de las camas antiguas.

—¿Qué estás haciendo, niña? —inquirió mi tía, con tono severo, volviéndose hacia mí cuando yo pensaba que no se fijaba en lo que hacía—. ¿Qué tienes en la mano?

—¿Esto, señora? —pregunté a mi vez, dando media vuelta, con la chaqueta de cuero en mis manos—. No sé qué es esto, señora.

Pálida como era, sus mejillas adquirieron color y sus ojos chispearon con ira, y pensé que sólo tenía que dar media docena de pasos para darme un bofetón, pero sólo me sacudió por los hombros, me quitó la chaqueta de las manos y exclamó:

—¡Mientras estés aquí, no toques nada que no sea tuyo! —y luego colgó la chaqueta en la percha que había quedado libre en el armario, cerrando la puerta de golpe.

La señora Wyvern había estado con las manos levantadas y riendo todo el rato, muy quieta en su silla, pero balanceándose un poco como solía hacer cuando se sentía divertida.

Las lágrimas resbalaban por mis mejillas y ella le guiñó un ojo a mi tía, y murmuró secándose los ojos lacrimosos por la risa:

—Vaya, la niña no quería hacer ningún daño... ven aquí, niña. Sólo preguntan los que no saben, y si no se hacen preguntas no se reciben mentiras; vamos, siéntate a mi lado y toma un poco de cerveza antes de acostarte.

Mi cuarto estaba arriba, al lado del de la anciana dama; la cama de la señora Wyvern se hallaba cerca de aquella, en su mismo dormitorio, y yo debía estar siempre a punto por si me necesitaban.

Aquella noche, y parte del día anterior, la anciana dama había sufrido uno de sus berrinches. Acostumbraba a entregarse a una de sus murrias. A veces, no permitía que la vistieran, y otras veces no quería que la desnudaran. Había sido una verdadera belleza, decían, en su época. Pero nadie de Applewale la había conocido en su juventud. Y a ella la apasionaban los vestidos: tenías muchas sedas, muchos satenes y terciopelos, lazos, y toda clase de prendas y de adornos, suficientes para llenar al menos siete tiendas. Pero todos aquellos vestidos eran raros y anticuados, aunque valían una fortuna.

Bien, me fui a la cama, y estuve un rato despierta, porque todo era nuevo para mí, y pienso que el té me había atacado a los nervios, ya que no estaba acostumbrada al mismo, salvo de vez en cuando en alguna fiesta o así. Oía a la señora Wyvern hablando y presté atención haciendo pabellón con una mano en la oreja; pero no logré oír a la señora Crowl, por lo que creo que no pronunció ni un sola palabra.

Todos la cuidaban muy bien, pues sabían que cuando muriese cada uno obtendría un buen montón; y además, sus tareas estaban muy bien retribuidas.

El médico se presentaba un par de veces por semana para visitar a la anciana dama, y puedo asegurar que todos cumplían al pie de la letra lo que él les ordenaba. Una cosa era siempre igual: nadie debía jamás llevarle la contraria, sino seguirle la corriente y complacerla en todo.

Aquella noche se metió en cama completamente vestida, y al día siguiente no dijo una sola palabra, y yo estuve cosiendo todo el día en mi habitación, excepto cuando bajé a comer.

Me hubiera gustado ver a la anciana dama y oírla hablar, pero para mí, en aquellos momentos, estaba más lejos que la misma luna.

Después de comer, mi tía me envió fuera, para que pudiera pasear durante una hora. Cuando terminé de pasear, me alegró volver a la mansión, pues los árboles eran tan altos, y todo el paraje tan oscuro y solitario, y el día tan encapotado, que lloré mucho añorando mi hogar mientras iba andando sola. Por la noche encendieron las velas y yo permanecí sentada en mi habitación, con la puerta que daba al dormitorio de la señora Crowl abierta; mi tía estaba con ella. Fue entonces que por primera vez oí hablar a la anciana dama.

Era una especie de sonido ronco como el de un pájaro o un animal, algo semejante a un balido, diría yo, y muy bajo además.

Agucé el oído cuanto pude. Pero no capté nada de lo que decía. Y mi tía le contestó.

—El diablo no puede hacerle daño a nadie, señora, si el Señor no lo permite.

Entonces, la misma voz parecida a un balido respondió desde la cama algo que tampoco entendí.

Y mi tía volvió a contestar:

—Dejemos que hagan mil muecas y que amenacen tanto como quieran; si el Señor está a nuestro lado, ¿qué pueden ellos hacer contra nosotras?

Seguí escuchando con mi oído tendido hacia la puerta, conteniendo la respiración, pero no me llegó ni una sola palabra más. Unos veinte minutos después estaba sentada a la mesa del cuarto, mirando las viñetas de las viejas Fábulas de Esopo. Me di cuenta de que algo se movía por la puerta, y al levantar la vista vi a mi tía que me observaba, con un dedo en los labios.

—¡Chist...! —susurró. Se me acercó de puntillas y añadió también susurrando—. Gracias a Dios se ha dormido; no hagas ningún ruido hasta que yo vuelva, porque voy a bajar a tomarme mi taza de té y volveré... bueno, volveré con la señora Wyvern, y como la señora está durmiendo en su habitación, cuando volvamos nosotras tú podrás bajar y Judith te dará de cenar en mi salita.

Y tras esto me dejó sola.

Continué mirando las viñetas del libro como antes, prestando oído atento de vez en cuando, pero no oí ningún sonido ni el de una respiración, y empecé a susurrarles a las viñetas y a hablar conmigo misma para mantenerme animada, ya que comenzaba a sentir miedo en aquella enorme estancia.

Al fin me puse de pie y empecé a dar vueltas por la habitación, mirándolo y admirándolo todo, sólo para distraerme, como se comprenderá fácilmente. Y finalmente me decidí a echar una pequeña ojeada al dormitorio de la señora Crowl.

Oh, era un gran dormitorio, con una enorme cama endoselada, con cortinajes de seda estampada que llegaban al suelo desde el techo y rodeaban por completo la cama. Había un espejo, el mayor que había visto en mi vida, y el cuarto resplandecía de luz. Conté veintidós velas, todas encendidas. Tal era su capricho, y nadie se hubiera atrevido a contradecirla.

Escuché junto a la puerta, haciéndome mil preguntas. Cuando estuve segura de que no se movía, ni tampoco las cortinas, me llené de valor y entré de puntillas en la habitación, y volví a mirar a todo alrededor. Luego, me contemplé en el gran espejo y al final me pregunté a mí misma:

«¿Por qué no he de echarle un vistazo a la anciana dama mientras duerme?»

No podría acusarme de nada el que tuviera la mitad de curiosidad que yo experimentaba por ver a la señora Crowl, y pensé, además, que si no lo hacía entonces era posible que transcurriesen muchos días antes de que se me presentara otra ocasión tan buena.

Bien, como dije, me aproximé a la cama, cuyas cortinas estaban bien corridas, y mi corazón estuvo a punto de dar un salto en mi pecho. Pero cobré valor y deslicé primero los dedos entre los cortinajes y luego toda la mano. Esperé un poco pero todo estaba tan quieto como la muerte. Así, muy suavemente fui descorriendo las cortinas, y allí, ante mí, contemplé tendida como la dama pintada en el sarcófago de arcilla de la iglesia de Lexhoe, a la famosa señora Crowl, de Applewale House. Allí estaba, vestida. No había visto nada parecido por aquel tiempo. Satén y seda, escarlata y verde, encajes dorados y rosados... ¡Caramba, vaya vista! Llevaba en la cabeza una gran peluca empolvada, casi la mitad de alta que ella, y —¡oh, cuántas arrugas!— y su garganta abolsada, empolvada de blanco, y sus mejillas con colorete, y unas cejas ratoniles, que la señora Wyvern le cuidaba muy bien, y allí estaba ella, grandota y tiesa, con un par medias de seda y unos zapatos de tacones muy altos. ¡Caramba! Su nariz era ganchuda y delgada, y tenía los ojos medio abiertos. La anciana dama solía estar de pie, vestida igual que estaba, sonriendo tontamente y sudando, delante del espejo, con un abanico en las manos y un ramillete en el corpiño. Tenía sus arrugadas manos una a cada lado, y nunca había visto tampoco unas uñas tan largas ni tan puntiagudas. ¿Acaso estaba de moda llevarlas de aquel modo?

Bueno, vosotros también os hubierais asustado, al menos un poco, de haber visto algo semejante. Yo no me atrevía a soltar la cortina, ni moverla una pulgada, no podía apartar mi mirada de la anciana dama... y mi corazón seguía palpitando fuertemente en mi pecho. Casi al momento ella abrió los ojos y se sentó en la cama, volvió la cabeza y saltó al suelo, mirándome directamente a la cara con aquellos ojos grandes, vidriosos, y un mohín malvado dibujado en sus labios y en sus dientes postizos.

Bueno, un cadáver es una cosa natural, pero aquella fue la visión más espantosa de mi vida. Sus huesudos dedos estaban tendidos hacia mí y su espalda se encorvaba a causa de la edad.

—¡Maldita estúpida! —exclamó—. ¿Por qué dijiste que yo maté al chico? ¡Te retorceré hasta dejarte tiesa!

Si hubiese reflexionado un sólo instante, habría dado media vuelta y echado a correr. Pero no podía apartar mis ojos de ella, aunque retrocedí cuanto pude; pero ella vino hacia mí, como una marioneta, con los dedos apuntando a mi garganta, y dejando oír continuamente un ruido con la lengua como zizz-zizz-zizz.

Seguí yendo hacia atrás lo más rápidamente que pude, pero sus dedos acabaron por estar a sólo unas pulgadas de mi garganta y pensé que perdería el sentido si ella llegaba a tocarme.

Retrocedí de igual forma hasta un rincón, lancé un chillido, como si el alma y el cuerpo se separaran, y al momento mi tía, desde la puerta, profirió un grito y la anciana dama giró en redondo hacia ella, mientras yo salía de prisa de la habitación, escaleras abajo a la máxima velocidad de mis piernas.

Grité a pleno pulmón, lo aseguro, cuando llegué a la habitación del ama de llaves. La señora Wyvern se echó a reír cuando le conté lo ocurrido. Pero se puso seria al escuchar las palabras pronunciadas por la anciana dama.

—Repite eso —me pidió.

Lo repetí: «¡Maldita estúpida! ¿Por qué dijiste que yo maté al chico? ¡Te retorceré hasta dejarte tiesa!»

—¿Y dices que ella mató a un chico?

—Yo no, señora —dije.

Después de esta conversación, Judith siempre subía conmigo cuando las otras dos mujeres no estaban en casa. Por supuesto, yo habría saltado por la ventana antes de quedarme sola en la misma habitación que la anciana dama.

Fue una semana más tarde, a lo que recuerdo, cuando la señora Wyvern, una día en que ella y yo estábamos solas, me contó algo que yo ignoraba acerca de la señora Crowl.

De joven, y siendo una verdadera belleza, unos setenta años antes, la anciana dama se había casado con el caballero Crowl de Applewale. Pero él era ya viudo, con un hijo de nueve años.

Nunca se supo nada más de ese hijo después de una mañana dada. Nadie supo jamás adonde se había ido. El niño había gozado de mucha libertad y solía marcharse todas las mañanas, un día a la casita del guarda de la finca, para desayunar con él, marchando luego hacia las conejeras, sin volver a casa hasta el atardecer; otras veces se dirigía al lago para tomar un baño y pasaba allí el día pescando o remando en el bote. Bien, nadie sabía qué fue de él; sólo que habían encontrado su gorrito a orillas del lago, bajo un grueso espino que allí crecía a la sazón, y todo el mundo pensó que se había ahogado durante el baño. Y el hijo del caballero, de su segundo matrimonio, era el que había heredado realmente la hacienda. Y era su hijo, o sea el nieto de la señora Crowl, el caballero Chevenix Crowl, el dueño de la propiedad cuando yo llegué a Applewale.

Se había murmurado mucho de todo esto antes de la época de mi tía; y se decía que la madrastra sabía más de lo que solía decir. Que ella había manejado a su esposo, el anciano caballero, con sus encantos y sus halagos. Y la desaparición del niño acabó por olvidarse con el paso del tiempo.

Ahora expondré mi opinión sobre este asunto.

Apenas llevaba allí seis meses, era invierno, cuando la anciana dama padeció su última enfermedad.

El médico temió que la anciana dama tuviera una recaída del ataque de locura que había sufrido quince años atrás, y que durante un largo tiempo la obligó a llevar una camisa de fuerza, que era precisamente la chaqueta que yo había sacado del armario de la habitación de mi tía.

Bueno, no tuvo tal recaída. Gimió, se quejó y siguió con vida, maldiciendo, maldiciendo, hasta un día o dos antes de su muerte, pero entonces, empezó a agonizar, retorciéndose en su cama, dejando oír unos estertores que uno habría pensado que un ladrón la amenazaba con un puñal en la garganta, y de pronto, saltaba de la cama, y como no tenía fuerzas bastantes para andar o sostenerse de pie, caía al suelo, protegiéndose el rostro con sus demacradas manos, gritando para que la auxiliasen.

Naturalmente, yo no entré en su dormitorio durante aquellos días; al contrario, solía meterme en cama muerta de miedo al oír sus chillidos y sus caídas, y oyendo aquellas maldiciones que a cualquiera le habría puesto la piel de gallina.

Mi tía, la señora Wyvern, Judith Squailes y una mujer de Lexhoe, estaban siempre con ella. Al final, sufrió varios ataques que la dejaron inerme.

El párroco acudió y rezó por ella, pero la anciana dama ya estaba más allá de toda oración. Supuse que estaba bien rezar por ella, aunque ya no le serviría de mucho, pues está bien muerta; luego, la señora Crowl fue amortajada, metida en un ataúd y le escribieron al caballero Chevenix comunicándole la noticia. Pero el caballero estaba en Francia y la demora fue tan larga que el párroco y el doctor acordaron que no debía quedarse tanto tiempo el cadáver en la casa, y como nadie se opuso a ello, ellos dos, mi tía y los demás de Applewale asistimos al entierro. Y la anciana dama se quedó dentro del sarcófago dispuesto para ella bajo la iglesia de Lexhoe, y todos continuamos viviendo en la mansión hasta que llegase el caballero y nos notificara su voluntad acerca de nosotros, pagando a los que decidiese despedir.

A mí, después de aquella muerte, me instalaron en otra habitación, dos puertas más allá de la de la difunta señora Crowl, y eso sucedió la noche antes a la llegada del caballero Chevenix a Applewale.

Mi nueva habitación era grande y cuadrada, las paredes cubiertas con paneles de roble, pero carente de muebles, aparte de la cama, sin dosel alguno, una silla y una mesita, por lo que estaba vacía a la vista al ser tan grande. Y el gran espejo en el que la anciana dama solía contemplarse y admirarse de pies a cabeza, ahora que ella ya no pertenecía a este mundo, lo quitaron de su sitio y lo colocaron en mi habitación, cara a la pared, y así supuse que habían cambiado muchas cosas de su habitación después de haber enterrado a la difunta.

Aquel día llegó la noticia de que el caballero Chevenix llegaría la mañana siguiente a Applewale, cosa que no me apenó pues estaba segura de que me enviarían a casa con mi madre. Y bien contenta me sentía al pensar en mi casa, en mi hermana Janet, en el gatito, en el pajarito, en el perro Trimmer, y en todo lo demás, y estaba tan contenta que apenas pude dormir, y el reloj dio las doce y seguía despierta, con la habitación tan oscura como boca de lobo. Yo estaba de espaldas a la puerta, con los ojos hacia la pared opuesta.

Serían las doce y cuarto cuando vi una luz en la pared que tenía frente a mí, como si detrás de ella hubiera un incendio, y las ropas de la cama, la silla, mi bata, todo colgaba de la pared, bailando arriba y abajo, junto con las vigas del techo y los paneles de roble, y yo volví la cabeza rápidamente, pensando que algo se estaba quemando.

Y lo que vi súbitamente fue una semejanza de la anciana dama, envuelto su cadáver en sus satenes y sus terciopelos, muy presumido, con los ojos abiertos como platos y su cara como la del diablo. Una luminosidad rosada rodeaba sus pies, como si la parte baja de su atavío se hubiera incendiado. Venía hacia mí, con sus demacradas manos apuntándome como queriendo clavarme sus largas uñas. Yo no podía moverme, pero ella pasó más allá de mí, con un soplo de aire caliente, y vi que entraba en una alcoba, que así la llamaba mi tía, una especie de nicho de la pared, donde acostumbraban a guardar una cama sobrante de los viejos tiempos, cuya puerta ella había abierto y sus manos buscaban algo que debía estar allí. Nunca había visto aquella puerta. De pronto, ella se volvió hacia mí, como girando sobre un eje, sonriendo, y al momento el cuarto se oscureció y yo estuve de pie junto a la cama; no sé cómo había saltado al suelo, pero de pronto recobré la voz y lancé un horroroso y agudo chillido, echando a correr por el pasillo, hasta que llegué al dormitorio de la señora Wyvern, cuya puerta empujé, asustando a la pobre señora con mis gritos.

Creo que aquella noche no dormí, y a las primeras luces del alba corrí a ver a mi tía, tan de prisa como pudieron llevarme las piernas.

Bien, mi tía no me riñó ni me recriminó nada como pensaba que haría, sino que me cogió de la mano y me miró fijamente un largo rato. Al fin me dijo que no debía asustarme y añadió:

—¿Tenía la aparición una llave en la mano?

—Sí —afirmé, viendo mentalmente una llave grande sujeta por un llavero de latón.

—Bien, ahora calla —me amonestó mi tía, soltando mi mano y abriendo la puerta del armario—. ¿Era algo como esto?

Tenía una llave entre sus dedos, que me enseñó con su oscura mirada fija en mi rostro.

—Sí, era esta —asentí al momento.

—¿Estás segura? —insistió mi tía, dando media vuelta.

—Segura —manifesté—, y pensé que iba a desmayarme cuando la vi.

—Bueno, esto es todo, sobrina —concluyó mi tía, y volvió a cerrar el armario—. El caballero llegará hoy, antes de las doce, y yo le contaré todo esto —murmuró casi para sí—, y supongo que se marchará muy pronto, de modo que lo mejor, por el momento, será que esta tarde vuelvas a tu casa y ya te buscaré otro hogar en el que trabajar.

Estas palabras aumentaron mi contento.

Mi tía empaquetó mis cosas, me dio las tres libras que me debían para que las entregara a mi madre, y aquel día llegó a Applewale el caballero Crowl, un hombre elegante, de unos treinta años. Era la segunda vez que le veía, pero la primera que me dirigía la palabra.

Mi tía habló con él en la habitación del ama de llaves, pero ignoro qué dijeron. A mí me daba un poco de miedo aquel caballero, ya que en Lexhoe era un gran personaje, y no me atreví a acercarme a él hasta que me llamó.

—¿Qué fue lo que viste, chiquilla? —me preguntó sonriendo—. Debió ser un sueño, pues ya sabes que no hay fantasmas ni aparecidos en este mundo. Pero fuese lo que fuese, mi querida niña, siéntate y cuéntalo todo de principio a final.

Bueno, cuando hubo terminado, él se quedó meditando y después le dijo a mi tía:

—Este sitio me gusta. En los tiempos del viejo sir Oliver, el tullido Wyndel me contó que había una puerta en la alcoba, a la izquierda, donde él soñaba haber visto que mi abuela la abría. Tenía más de ochenta años cuando me contó esto y yo era un niño. Hace unos veinte años. La platería y las joyas solían guardarlas allí, hace mucho tiempo, antes de que construyeran el armario de hierro en la habitación donde se cuelgan las ropas, y me dijo que la llave colgaba de un llavero de latón, y tú dices que se la encontró en el fondo del nicho en el que ella guardaba sus abanicos antiguos. Bien, ¿no sería extraño que encontrásemos algunas cucharas o diamantes olvidados allí dentro? Ven con nosotros, jovencita, y señala el lugar exacto.

Sentí que el corazón me subía a la boca y me agarré a las manos de mi tía al dirigirnos a la espantosa habitación, y luego les mostré de qué modo ella se había aparecido, cómo había pasado ante mí y el sitio donde se había parado y parecía haberse abierto una puerta.

En ese lugar había un mueble antiguo contra la pared y, al apartarlo, apareció una puerta, con una cerradura en la madera —tan lisa como todo lo demás—, la juntura de la puerta disimulada con el color del roble y, a no ser por las bisagras que quedaron al descubierto cuando apartamos el mueble, nadie habría sospechado de su existencia.

—Ajá —exclamó el caballero con una extraña sonrisa—, esto parece una puerta.

Tardó unos minutos, empleando un escoplo y un martillo, en quitar la madera que cubría la cerradura. La llave entró bien y, con un fuerte giro y un largo chirrido, la puerta se abrió dificultosamente.

Había otra puerta dentro, más extraña que la primera, pero sin goznes, por lo que se abrió con suma facilidad. Dentro, el suelo era llano y las paredes y el techo de ladrillo; pero no pudimos distinguir qué había allí dentro porque todo estaba terriblemente oscuro.

Cuando mi tía hubo encendido una vela, el caballero la cogió y entró.

Mi tía se le acercó y se empinó para mirar por encima del hombro del caballero, y yo no vi nada.

—¡Ah, ah! —exclamó el caballero, retrocediendo—. ¿Qué es esto? Deme el atizador, de prisa —le ordenó a mi tía.

Y mientras ella corría hacia el hogar, yo atisbé por debajo del brazo extendido del caballero y divisé, agazapado en un rincón, una especie de mono despellejado sobre una cómoda, tal vez la mujer más despeinada y arrugada de la tierra.

—¡Dios mío! —exclamó mi tía, dándole el atizador al caballero, tras lo cual volvió a mirar por encima del hombro, todo aquel horror—. Tenga cuidado, señor, con lo que hace. Por favor, salga de ahí y cierre la puerta.

Pero en lugar de obedecer a mi tía, el caballero penetró en el cuartito, blandiendo el atizador como una espada, y de un solo golpe derribó aquel horror, cortándole la cabeza, quedando lo demás como un montón de chatarra y polvo, y yo lancé un alarido.

Era la cabeza de un muchacho, y el resto se había convertido en polvo al contacto del atizador. Nadie habló durante un par de minutos al menos, y el caballero hizo girar la calavera que yacía en el suelo.

Comprendí que pensaban que se trataba de una persona tan joven como yo.

—¡Un gato muerto! —murmuró el caballero, retrocediendo y apagando la vela tras cerrar la puerta—. Volveremos aquí, usted y yo, señora Shutters, y registraremos todos los cajones de la cómoda. Por el momento, tengo que tratar otros asuntos con usted, y supongo que esta niña se marchará a su casa. Cobrará lo que se le deba y yo le haré un regalito —añadió el caballero, acariciándome la espalda con la mano.

Me dio una buena libra, y yo partí para Lexhoe una hora más tarde, y a casa con la diligencia, muy contenta de regresar al hogar; y no volví a ver a la vieja señora Crowl de Applewale, gracias a Dios, ni como una aparición ni en sueños. Pero cuando ya me había convertido en una mujer, mi tía pasó un día y una noche conmigo en Littleham, y me confesó que sin la menor duda aquellos restos eran los del pobre muchachito que había desaparecido, al parecer muerto a manos de la malvada y anciana dama, a quien sus gritos y sus súplicas no habían conmovido; la mujer había dejado el gorrito del chico al borde del lago, como olvidado, para que la gente creyera que el muchacho se había ahogado. Las ropas se habían convertido en polvo en aquella oscura habitación donde los restos fueron hallados. Pero quedaron una serie de botones y un cuchillo de mango verde, junto con un par de peniques que la pobre víctima llevaba en el bolsillo cuando fue borrado de este mundo. Y había, entre los papeles del anciano caballero, una copia del afiche impreso tras la desaparición del muchacho, pues el hombre siempre supuso que el niño había huido o había sido robado por unos gitanos, pero entonces la gente supo que se había encontrado el cuchillo junto a aquellos restos y que sus botones estaban esparcidos por el suelo. Y esto es todo lo que tengo que contar respecto a la anciana señora Crowl, de Applewale House.

## La visión de Tom Chuff

Al borde del melancólico pantano Catstean, al norte de Inglaterra, con media docena de viejos álamos de troncos rugosos y retorcidos alrededor, uno porque había quedado partido por un rayo treinta veranos antes, y los demás, por su gran altura, empequeñecían la vivienda cerca de la cual crecían. Era una casa tosca, de piedra, con una ancha chimenea, una cocina y un dormitorio en la planta baja, y un desván, accesible por una escalera de mano, bajo el tejado de guijos, dividido en dos habitaciones.

Su dueño era un hombre de mala reputación. Se llamaba Tom Chuff. Hombre poderoso, de anchos hombros, aunque algo bajo, con cejas muy pobladas y ojo medroso. Era cazador furtivo, y apenas se envanecía de ganarse el pan con una industria honrada. Era también un borrachín. Golpeaba a su esposa, y sus hijos llevaban por él una vida de terror y lamentaciones cuando estaba en el hogar. Era una bendición para toda su asustada familia cuando él se ausentaba, como solía hacer, por una semana o algo más.

La noche a que me refiero, golpeó la puerta con su garrote hacia las ocho. Era invierno y la noche estaba muy oscura. De haberse tratado de las llamadas de un trasgo del pantano, los habitantes de aquella casucha no habrían experimentado tanto terror.

Su esposa desatrancó la puerta con miedo y de prisa. Su hermana jorobada estaba frente al hogar, y miró hacia el umbral. Los niños se guarecieron donde pudieron.

Tom Chuff entró, garrote en mano, sin hablar, y se arrojó a una silla colocada delante del fuego. Había estado ausente dos o tres días. Parecía demacrado y tenía los ojos inyectados en sangre. Todos comprendieron que había estado bebiendo.

Tom rastrilló y atizó las brasas con su garrote, y acercó los pies al fuego. Señaló el pequeño aparador, le hizo un signo a su esposa y esta, sabiendo lo que quería, le entregó un vaso en silencio. Tom sacó un frasco de ginebra del bolsillo de su chaqueta y casi llenó por dos veces el vaso, bebiendo el fuerte líquido a pequeños sorbos.

Usualmente, se refrescaba con dos o tres vasos de esta bebida antes de empezar a pegar a los que vivían en la casa. Sus tres chiquillos, refugiados en un rincón, le miraban por debajo de una mesa, como Jack hacía con el ogro en el cuento infantil. Su esposa, Nell, de pie detrás de una silla, que estaba lista para esquivar el garrotazo, que podía recibir en cualquier momento, no apartaba los ojos de su marido; y la jorobada Mary mostraba el blanco de sus grandes ojos, de igual empleo, cerca del aparador de roble, su oscuro rostro fácilmente distinguible por la pared marrón que tenía detrás.

Tom Chuff estaba en su tercer vaso y aún no había pronunciado una sola palabra desde su llegada, y el suspense iba en aumento cuando, de pronto, Tom se recostó en la silla, el garrote resbaló de sus manos y un cambio y una palidez de muerte invadieron su rostro.

Por un instante, todos le miraron fijamente, tal era el miedo que le tenían, sin atreverse a hablar ni a moverse, por si sólo se trataba de un poco de sopor y luego se despertaba y procedía a demostrar su temperamento y a hacer ejercicio con el garrote.

Sin embargo, en muy poco tiempo, las cosas empezaron a ser tan raras, que se aventuraron, su esposa y Mary, a intercambiar miradas llenas de duda y asombro. Tom estaba tan desplomado por un lado de la silla, que de no haber tenido una torpeza y un peso ciclópeos, se habría caído al suelo. Un tinte plomizo oscurecía la palidez de su tez. Todos empezaban a alarmarse, y finalmente, reuniendo todo su valor, su esposa llamó tímidamente:

—¡Tom...!

Su voz repitió el nombre y finalmente lo gritó una y otra vez con el terrible acompañamiento de «¡Se está muriendo... se está muriendo...!», a chillidos, al ver que ni las sacudidas que estaba imprimiendo a Tom por la espalda ejercían el menor efecto para sacarle de su sopor.

En aquel momentos, los niños, haciendo gala de otra clase de terror, añadieron sus estridentes alaridos a los gritos de ambas mujeres, y si algo hubiera podido sacar a Tom de su letargo, habría sido el potente coro que sonaba en la vivienda del cazador furtivo una y otra vez. Pero Tom continuaba inconmovible, sordo y rígido.

Su esposa envió a Mary a la aldea, apenas a un cuarto de milla, para rogarle al doctor, a cuya familia ella asistía como lavandera entre otras cosas, que acudiera a ver a su marido, que parecía estar agonizando.

El doctor, que era un tipo bonachón, acudió. Con el sombrero todavía puesto, miró a Tom, y cuando halló que el vomitivo que había traído consigo, por conjeturas ante la descripción de Mary, no surtía ningún efecto, y que su lanceta no hacía fluir la sangre, y que no sentía el pulso, meneó la cabeza y pensó para su capote:

«¿Por qué demonios llorará esta mujer? ¿Podría desear mejor bendición que esto que ha sucedido?»

Tom, en efecto, parecía muerto. En sus labios no había aliento perceptible. El doctor no le encontraba el pulso. Sus pies y manos estaban helados, y el frío empezaba a invadir todo el cuerpo.

El doctor, al cabo de unos veinte minutos, volvió a abrocharse el abrigo, se encasquetó el sombrero y le comunicó a la señora Chuff que de nada servía ya su presencia... cuando de repente, un reguero de sangre empezó a manar del corte que el doctor le había hecho con la lanceta en la sien.

—Es muy extraño —se amoscó el doctor—. Aguardemos un poco.

Ahora debo describir las sensaciones experimentadas por Tom Chuff.

Con los codos en las rodillas, la barbilla entre las manos, contemplaba las brasas, con la ginebra a su lado, cuando de repente un temblor entró en su cabeza, perdió de vista el fuego y un sonido como el tañido de una campana le conmovió el cerebro.

Después oyó un murmullo confuso, y la cabeza al pesarle como de plomo, le obligó a inclinarla hacia atrás, hundiéndose en la silla y perdiendo el conocimiento.

Cuando volvió en sí se sintió helado, y estaba recostado contra un grueso árbol sin hojas. Era noche sin luna y cuando levantó los ojos jamás había visto unas estrellas tan grandes y brillantes, o un cielo tan negro. Las estrellas parecían parpadear entre largos intervalos de oscuridad, como en una emergencia feroz y deslumbrante, con cierto toque de amenaza y furor.

Tenía un vago recuerdo de cómo había llegado hasta allí, o mejor de cómo lo habían arrastrado, a espaldas de algunos hombres, con una especie de traqueteo. Pero todo le resultaba indistinto, era sólo el recuerdo imperfecto de una sensación. No había visto ni oído nada por el trayecto.

Miró a su alrededor. No había señal de ningún ser vivo cerca. Y con una sensación de espanto, empezó a reconocer el lugar.

El árbol contra el que se había recostado era uno de los nobles abedules que a intervalos irregulares rodeaban el cementerio eclesial de Shackleton, que extiende su tramo verde y ondulado a orillas del pantano de Catstean, opuesto a la orilla donde se alza la casita en la que él había perdido el conocimiento. Estaba a unas seis millas cruzando el pantano hasta su vivienda, y la negra extensión se alargaba ante él, desapareciendo desmayadamente en las tinieblas. Por eso, mirando rectamente ante él, cielo y tierra se fundían en un vacío indiscernible y espantoso.

Reinaba un silencio poco natural en el lugar. El distante murmullo del riachuelo, que conocía tan bien, había cesado; ni una hoja susurraba en lo alto; el aire, la tierra, todo cuanto le rodeaba, todo cuanto se hallaba encima de él, estaba indescriptiblemente callado y quieto, y Tom experimentó ese salto del corazón que suele preceder a algo espantoso. Habría cruzado el pantano a no ser por un indefinido presentimiento de que algo o alguien le acechaba.

La vieja iglesia grisácea y la torre de Shackleton ponían una sombra a sus espaldas. Sus ojos se habían acostumbrado a la oscuridad y podía trazar sus formas. No había en su cerebro ninguna asociación reconfortante asociada con dichas sombras, nada, aunque sí una amenaza y un temor. Sus primeros pasos por la senda de lo ilegal estaban relacionados con este lugar. Era aquí donde su padre se reunía con otros dos cazadores furtivos, y también llevaba a su hijo, a la sazón un niño, consigo.

Bajo el portal de la iglesia, al amanecer, solían repartirse la caza lograda, contar las ventas efectuadas el día anterior, distribuirse el dinero y beber ginebra. Era aquí donde había tenido sus primeras lecciones de bebedor, donde aprendió a maldecir y burlar a la ley. La tumba de su padre se hallaba a menos de ocho pasos de donde él se hallaba ahora. En su actual condición de depresión total, nada más habría podido aumentar su miedo.

Un objeto próximo a él incrementaba su abyección. Un metro más allá, detrás del árbol y de sí mismo, a su izquierda, había una tumba abierta, con la tierra y los detritus amontonados al otro lado. A la cabeza de esta tumba crecía un abedul; su tronco erguido se elevaba como un gran pilar monumental. Tom conocía cada línea y cada surco de su lisa superficie. Las iniciales de su nombre, grabadas en la corteza muchos años atrás, se habían ampliado y arrugado como las grotescas mayúsculas de un grabador fantasioso, y ahora, con un siniestro significado, dominaban la tumba abierta, como respondiendo a su pregunta mental: «¿Para quién es esta tumba?».

Sentíase aún un poco atontado, y le temblaban las articulaciones que le impedían moverse y, además, sentía la vaga aprensión de que, tomara la dirección que tomara, le rodeaba un peligro peor que quedándose donde estaba.

De repente, las estrellas empezaron a parpadear más fieramente y una débil luminosidad se extendió durante un minuto sobre el paisaje, y Tom vio una figura que se acercaba desde el pantano, a una especie de bamboleante trote, con algún que otro salto en zigzag, tal como hacían los hombres acostumbrados a pasar por aquel lugar para sortear los cenagales y los lodazales de aquellas tierras pantanosas. La figura se parecía a su padre y, como él, silbaba con dos dedos en la boca en señal de que se acercaba; pero ahora el silbido no sonaba agudo y estridente, como en los viejos tiempos, sino inmensamente distante, como si resonara dentro de la cabeza de Tom. Por costumbre o por miedo, en respuesta a la señal, Tom silbó como hacía veinticinco años atrás o más, aunque sentíase presa de un frío y un temor inhumanos.

Igual que su padre, asimismo, la figura sostenía el zurrón en su mano izquierda mientras se aproximaba, teniendo por costumbre gritarle al chico lo que llevaba dentro del zurrón. No tranquilizó a Tom, como es fácil de comprender, el grito débil y ronco que llegó hasta él, en el instante en que el fantasma lanzaba el zurrón al aire, y Tom oyó claramente las palabras:

—¡El alma de Tom Chuff!

Apenas a unos cincuenta metros de la tapia del cementerio, junto a la cual Tom se hallaba de pie, había una amplia grieta en la turba, en la que crecían juncos y aneas, por entre los cuales, como el viejo cazador furtivo solía hacer en una repentina alarma, la figura se arrojó rápidamente al suelo.

Del mismo grupo de eneas y juncos surgió instantáneamente lo que Tom al pronto tomó por la misma figura que se arrastraba a cuatro patas, mas no tardó en percibir que se trataba de un enorme perro negro con un pellejo como el de un oso, el cual al principio se limitó a husmear, y luego avanzó hacia Tom en lo que pareció una carrera deportiva, saltando de un lado al otro, y al aproximarse más al hombre, exhibió un par de terribles ojos que relucían como brasas ardientes, dejando escapar por entre sus monstruosas mandíbulas un aterrador aullido.

La bestia parecía a punto de atraparle, por lo que Tom retrocedió lleno de pánico, tropezando con el borde de la fosa abierta a sus espaldas. Pero dicho borde al que se agarró cedió y el pobre hombre cayó, esperando llegar al fondo. ¡Pero nunca hubo tal caída! Abajo, abajo, abajo, a una velocidad increíble, y aún cada vez más rápida, a través de una oscuridad absoluta, su cabello erizado, falto de aliento, el viento azotándole sin misericordia, con una fuerza que le hacía voltear incluso los brazos, segundo tras segundo, minuto tras minuto, a través del vacío, volando hacia abajo, un sudor frío producto del horror cubriendo su cuerpo, y de repente, cuando esperaba quedar completamente aniquilado, su descenso quedó frenado en seco, con un tremendo choque que, no obstante, no le privó del conocimiento ni por un solo instante.

Miró a su alrededor. El lugar era como una caverna o una catacumba, cuya techumbre, excepto por un arco aquí y allá apenas visibles, se perdía en las tinieblas. Desde varios pasadizos toscos, como las galerías de una mina gigantesca, que se abrían desde esta cámara central, se divisaba un leve resplandor, como de carbón, siendo la única luz que Tom pudo discernir imperfectamente y de inmediato a su alrededor.

Lo que parecía un saliente de la roca, en la esquina de una de aquellas lóbregas entradas, se movió de repente y resultó ser una figura humana que le llamaba con el gesto. Tom se aproximó y vio a su padre. Apenas le reconoció, pues estaba tremendamente alterado.

—Te he estado buscando, Tom. Bienvenido al hogar; ven adonde perteneces.

El corazón de Tom perdió un latido al oír estas palabras, pronunciadas con una voz hueca y burlona, según le pareció, cosa que le hizo temblar. Pero se vio obligado a acompañar al malvado espíritu, que le condujo a un sitio por donde al pasar oyó, como surgiendo del interior del roquedal, unos gritos desesperados y llamadas de auxilio.

—¿Qué es esto? —preguntó.

—Bah, no importa.

—¿Quiénes son?

—Recién llegados como tú —repuso el padre apáticamente—. Ya callarán con el tiempo, al ver que de nada les sirve ahora chillar.

—¿Qué debo hacer yo? —quiso saber Tom, angustiado.

—Lo mismo.

—¿Pero qué debo hacer yo? —insistió Tom, temblándole cada articulación, cada nervio.

—Sonreír y soportarlo, supongo.

—¡Por Dios santo, si algo te importo, ya que soy tu hijo, sácame de aquí!

—No hay salida.

—Si hay una entrada tiene que haber una salida, y por favor, sácame de aquí.

Pero la temible figura no dio más respuestas y empezó a deslizarse hacia atrás; otros aparecieron a la vista, cada cual con un halo débilmente rojizo en torno, mirándole con ojos medrosos; imágenes, en su odiosa variedad, de eterna furia y burla. Tom empezaba a enloquecer bajo la mirada de tantos ojos, que iban aumentando en número, y acercándose más a cada momento, en tanto al mismo tiempo miríadas de voces le llamaban por su nombre, unas lejos, otras cerca, unas desde un sitio, otras desde otro, unas por detrás, casi junto a sus oídos. Estos gritos aumentaban en rapidez y multitud, mezclándose con risas, con horrorosas blasfemias, con insultos y burlas, sucediéndose unos a otros, tan tumultuosamente que apenas captaba la mitad de su significado.

Al mismo tiempo, en proporción a la rapidez y urgencia de esos terribles gritos y visiones, la epilepsia del terror iba reptando hacia su cerebro, y tras un prolongado y espantoso alarido perdió el conocimiento.

Cuando recuperó los sentidos, se encontró en una pequeña habitación de piedra, abovedada, con una puerta muy pesada. Un solo punto de luz en la pared, extrañamente brillante, iluminaba la celda.

Sentado frente a él había un venerable hombre con una nívea barba de inmensa longitud, la imagen de la severidad y la más tremenda pureza. Iba vestido con un ropaje tosco y tres grandes llaves colgaban de su cinto. Parecía el guardián de las puertas de una antigua ciudad; de una de esas ciudades espirituales que John Bunyan tanto gustaba de describir.

Los ojos del viejo eran brillantes y terribles, y cuando los fijó en Tom, este se sintió desamparado y en su poder. Al fin, el viejo habló:

—Se te concede una prueba más. Pero si vuelves a beber como un sempiterno borracho y azotas a tus servidores, volverás a entrar por la puerta que ya te dio entrada y no volverás a salir de aquí.

Tras estas palabras, el anciano le cogió de la muñeca y lo condujo a través de la primera puerta, y luego, desatrancando la que daba a la caverna exterior, empujo rudamente a Tom por la espalda, y la puerta se cerró detrás suyo con un sonido que resonó como truenos lejanos, por todas partes, hasta que gradualmente todo quedó en silencio. Estaba totalmente oscuro, pero una ráfaga de aire fresco le dio nuevas energías. Sintió que volvía a estar en el mundo de arriba.

Unos minutos más tarde empezó a oír unas voces que conocía, y primero apareció ante sus ojos un débil punto luminoso, y gradualmente divisó la luz de una vela y, después, las caras familiares de su esposa y de sus hijos, y les oyó débilmente cuando le hablaron, aunque todavía no era capaz de responderles.

Vio también al doctor, como una figura aislada en la oscuridad.

—Vaya, ya está de vuelta —le oyó decir al doctor—. Creo que se recuperará.

Sus primeras palabras, cuando pudo hablar y divisó claramente cuanto le rodeaba, y sintió la sangre la sangre en su cuello y su camisa, fueron:

—Esposa, perdóname. Soy otro hombre. Vaya a buscarlo, señor.

Con estas últimas palabras se refería a que fuera en busca del sacerdote.

Cuando llegó el vicario y penetró en el pequeño dormitorio donde el asustado cazador furtivo, cuya alma había muerto en su interior, yacía, aún enfermo y débil, en su cama, y con un espíritu postrado por el terror, Tom Chuff hizo salir a los demás de la habitación, y, ya con la puerta cerrada, el buen vicario escuchó la extraña confesión, y con igual asombro oyó los vivos deseos de enmienda del penitente, y sus súplicas de ayuda y consejo.

Naturalmente, ambas cosas le fueron otorgadas y, por algún tiempo, las visitas a la rectoría fueron muy frecuentes.

Un día, cuando el cura tomó la mano de Tom Chuff, al darle el adiós, el enfermo la apretó largamente y murmuró:

—Usted es el vicario de Shackleton, señor, y si yo fuese usted, usted me prometería una cosa y yo le prometería muchas. Como ya dije, no volveré a pegar a mi esposa ni a nadie, no robaré más ganado, no se me contará entre los borrachines. Tom no volverá a apretar el gatillo, ni siquiera contra una serpiente, y cumpliendo todas estas cosas, vicario de Shackleton, le suplico que no permita que me entierren a menos de veinte metros de los abedules que rodean el cementerio de Shackleton.

—Haré cuanto pueda para que tu tumba, cuando llegue el momento, quede muy lejos del lugar donde está la tumba que tanto temes.

—Sí, eso es. Antes preferiría ser enterrado en el fondo de un pozo nauseabundo. Y aunque me gustaría ser enterrado en otro cementerio para así ahuyentar el miedo, sé que todos los que vivimos en Shackleton tenemos que ser enterrados aquí, pero prométame que me enterrarán lo más lejos posible de aquella fosa, y que no quebrantará su promesa.

—Ciertamente, te lo prometo. No es fácil que tú mueras antes que yo, pero si es así, y sigo siendo vicario de Shackleton, serás enterrado lo más cerca posible del centro del cementerio, si hay un espacio libre.

—Muchas gracias.

Y ambos se separaron muy complacidos uno con el otro.

El efecto de la visión sobre Tom Chuff fue muy poderoso, y prometía durar. Con sumo esfuerzo, Tom cambió su vida de perversas aventuras y relativa ociosidad por otra regular industriosidad. Abandonó la bebida, se mostró todo lo amable que su carácter fosco le permitía con su esposa y sus hijos, acudió a la iglesia; con el buen tiempo la familia atravesaba el pantano hacia la iglesia de Shackleton; y el vicario pensaba que esto lo hacía Tom para echar una ojeada al escenario de su visión y fortificar sus buenas resoluciones con el recuerdo.

Las impresiones sobre la imaginación, sin embargo, son transitorias, y un mal hombre que actúe bajo el temor no es un agente libre; su verdadero carácter no aparece. Pero, a medida que las imágenes de la fantasía se desvanecen, y la acción del miedo se debilita, las cualidades esenciales del hombre resurgen por sí mismas.

Y así, al cabo de un algún tiempo, Tom Chuff empezó a sentirse harto de su nueva vida; se volvió perezoso y la gente empezó a murmurar que volvía a cazar liebres, continuando su anterior vida de contrabando, aunque disimuladamente.

Una noche llegó a casa con señales de la botella en su espeso lenguaje y temperamento violento. Al día siguiente se mostró dolido o asustado, en fin, arrepentido, y durante algo más de una semana, experimentó un gran horror ante sus antiguas costumbres, por lo que mostró muy buena conducta. Pero no tardó en recaer en sus vicios, y tuvo otro arrepentimiento, y otra recaída, y gradualmente el regreso a sus viejos hábitos y al resurgimiento de su antigua forma de vida, con más violencia y maldad, volvieron a él en tal proporción que Tom se alarmó y exasperó ante el recuerdo de la, aunque despreciada, terrible advertencia.

Con la antigua vida volvió la miseria al hogar. Las sonrisas que habían aparecido con la ansiada luz solar, desaparecieron por completo. En cambio, el rostro de su pobre esposa tuvo de nuevo la palidez y la expresión de su roto corazón. La casucha perdió su aspecto aseado y animoso, y ya fue visible la melancolía de la mayor negligencia. A veces, de noche, los que pasaban por allí oían gritos y sollozos dentro de aquella morada de mal presagio. Tom Chuff estaba a menudo borracho, faltaba muchos días del hogar, salvo cuando volvía para gritarle y azotar a su esposa, y llevarse sus escasos ahorros.

Tom ya había perdido de vista, hacía tiempo, al buen sacerdote. Había vergüenza mezclada con degradación. A Tom, no obstante, aún le quedaba bastante honestidad como para esquivar al clérigo cuando alguna vez lo encontraba por la calle. El buen vicario sacudía la cabeza y a veces gruñía, cuando le mencionaban el nombre de Tom. Su horror y su compasión los dirigía más a la pobre mujer que al pecador reincidente, porque era más lamentable la desgracia que se abatía sobre ella.

El hermano de la esposa, Jack Everton, que vino desde Hexley, por haber oído rumores de lo que le pasaba a su hermana, estaba decidido a luchar contra Tom por el maltrato de que hacía objeto a su mujer, a la que se sentía muy apegado. Felizmente, tal vez, para todos los implicados, Tom se hallaba en una de sus largas excursiones, y la pobre Nell le suplicó a su hermano, en la extremidad de su terror, que no se interpusiera entre ellos. De modo que el joven se marchó a su pueblo, murmurando amenazas y de muy mal humor.

Por fin, unos meses más tarde, Nelly Chuff cayó enferma. Ya llevaba algún tiempo delicada, quebrantado el corazón. Y ahora había llegado el fin.

Cuando falleció hubo una encuesta, ya que el doctor tenía dudas de si un feroz golpe había apresurado su muerte. Sin embargo, ninguna certeza surgió de la encuesta. Tom Chuff había salido de su casa dos días antes de la muerte de su esposa, e incluso estuvo ausente, en sus ilegales negocios, durante la celebración de esta.

Jack Everton llegó de Hexley para asistir a los funerales de su hermana. Estaba más iracundo que nunca contra el malvado esposo que, de un modo u otro, había apresurado la muerte de Nelly. La encuesta había terminado muy temprano aquel día y Tom no había aparecido.

Un compañero ocasional —quizá debiera decir cómplice— de Chuff sí regresó. Había dejado a Tom en los límites de Westmoreland y dijo que probablemente Tom llegaría al día siguiente. Pero Everton fingió no creerle. Quizá para Tom Chuff, sugirió, fuese una secreta satisfacción coronar la historia de su viciosa vida de casado con el escándalo de su ausencia en el funeral de su desgraciada esposa.

Everton tomó sobre sí los preparativos de la melancólica ceremonia. Ordenó abrir una tumba para su hermana al lado de la de su madre en el cementerio de Shackleton, al otro lado del pantano. A tal propósito, como dije, para destacar más la ausencia del marido, determinó que el funeral tuviese lugar aquella misma noche. Su hermano, Dick, le acompañó, y ambos, y su hermana muerta, con Mary, los hijos, y un par de vecinos, formaron la humilde comitiva.

Jack Everton dijo que esperaría más atrás, por si Tom Chuff llegaba a tiempo; entonces le contaría lo ocurrido y ambos cruzarían el pantano para presidir el funeral. Su verdadero objetivo, creí yo, era darle al mal esposo el vapuleo que ansiaba propinarle desde largo tiempo atrás. De todos modos, resolvió, atravesando el pantano, que llegaría al cementerio a tiempo de anticiparse a la llegada del triste cortejo, a fin de cruzar unas palabras con el vicario, el funcionario y el sacristán, todos viejos amigos suyos, ya que la parroquia de Shackleton era el lugar de su nacimiento y de sus primeros recuerdos.

Pero Tom Chuff no apareció por su casa aquella noche. De muy malhumor, sin un chelín en el bolsillo, iba abriéndose camino hacia el hogar. El frasco de ginebra, su última inversión, medio vacía, con el gollete prominente, según su costumbre en tales regresos, estaba en el bolsillo de su chaqueta.

Para llegar a su casa tenía que pasar por el pantano de Catstean, y el sitio que mejor conocía era el paso desde el cementerio de Shackleton. Saltó la tapia que forma el recinto y pasó por entre las tumbas, muchas de ellas con losas legibles, hacia el lado del cementerio próximo al pantano.

La vieja iglesia de Shackleton y su campanario se levantaban, justo a su derecha, como una negra sombra contra el cielo. Era una noche sin luna, pero clara. No tardó en llegar a la tapia del otro lado, que daba a la vasta extensión pantanosa. Se inmovilizó al lado de un abedul, descansando su dolorida espalda contra el grueso tronco. Nunca había visto un cielo tan negro ¿y por qué brillaban y parpadeaban tan vívidamente las estrellas? Sobre todo el paisaje reinaba un silencio mortal, como el rumor que precede al trueno en el mal tiempo. La vastedad que se alargaba ante él se perdía en las tinieblas. Un extraño temblor desquició su corazón. ¡Estos eran el cielo y el paisaje de su visión! El mismo horror y el mismo presentimiento. El mismo invencible temor de aventurarse más allá del sitio donde estaba. Habría rezado de haberse atrevido a ello. Su desdichado corazón exigía ser restaurado de algún modo, por lo que agarró el frasco que tenía en el bolsillo. Girando a la izquierda distinguió el montón de tierra de una tumba recién abierta, muy cerca del árbol en el que se apoyaba.

Tom se sintió horrorizado. Su sueño volvía a él y lentamente le iba envolviendo. Todo lo que veía se estaba tejiendo en la misma trama de su visión. Un horror helado se apoderó de él.

Un débil silbido le llegó a través del pantano, y Tom vio una figura que avanzaba con un bamboleante trote, en zigzag, saltando de vez en cuando, como suelen hacer los hombres cuando necesitan vigilar sus pasos. A través de las aneas y juncos del fondo, la figura iba avanzando; y con el mismo impulso que le había propiciado en su sueño, Tom respondió con un silbido a la ya próxima figura.

Con esta señal, la figura avanzó directamente hacia Tom. Se montó a la tapia y, quieto allí, oteó el cementerio.

—¿Quién respondió a mi llamada? —indagó el recién llegado desde su puesto de observación.

—Yo —respondió Tom.

—¿Y tú quién eres? —repitió su pregunta el hombre subido a la tapia.

—Tom Chuff... ¿y para quién se cavó esta tumba? —contestó con tono salvaje, para disimular el pánico que le embargaba.

—Te lo diré, villano —repuso el desconocido, bajando de la tapia—. Te he estado buscando por todas partes, de lejos y de cerca, y al fin te he encontrado.

Sin saber cuáles eran las intenciones de la siniestra figura, Tom Chuff retrocedió, tropezó y cayó de espaldas en la tumba abierta. Se agarró a los costados del pozo al caer, mas de nada le sirvió.

Una hora más tarde, cuando llegaron las luces con el ataúd, hallaron el cadáver de Tom Chuff en el fondo de la tumba. Había caído directamente de cabeza y tenía el cuello roto. Su muerte debió ser simultánea con la caída. Su sueño se había realizado.

Era su cuñado quien había atravesado el pantano y se había acercado al cementerio de Shackleton, exactamente por la línea que la imagen del padre de Tom había seguido en la extraña visión. Por suerte para Jack Everton, el sacristán, el funcionario y el clérigo de Shackleton estaban allí, sin ser vistos por Everton, atravesando el cementerio hacia la tumba de Nelly Chuff, justo en el momento en que Tom Chuff, el cazador furtivo, caía en la fosa. De lo contrario una sospecha de violencia habría recaído inevitablemente sobre el exasperado cuñado. Tal como fue, la catástrofe no tuvo consecuencias legales.

El buen vicario cumplió su palabra y la tumba de Tom Chuff todavía la señalan los viejos habitantes de Shackleton muy cerca del centro del cementerio. Este cumplimiento conscientemente de acuerdo con el deseo del hombre inmerso por completo en el pánico más abyecto, respecto al lugar de su sepultura, prestó un énfasis horrible y burlón a la extraña combinación con que el destino había derrotado toda precaución, fijando el lugar de la muerte de Tom.

Esta historia fue durante muchos, y creo que aún sigue vigente, contada en muchas casas en torno al fuego del hogar, y aunque roza lo que muchos calificarían de superstición, todavía suena, en los oídos de un auditorio tosco y sencillo, de manera muy emocionante y cabe esperar que su moraleja no caiga en el olvido.

## El Testamento del Caballero Toby
### Una historia de fantasmas

Muchas de las personas que acostumbraban a viajar por la antigua carretera de York y Londres, en la época de las diligencias, recordarán haber pasado, digamos una tarde de otoño, en su viaje a la capital, a unas tres millas al sur de la población de Applebury y a una milla y media antes de llegar a la antigua Posada del Ángel, una gran casa en blanco y negro, según llamaban a aquellos mesones semejantes a jaulas con habitaciones, ruinosas y afeadas por el clima, con amplias ventanas enrejadas que relucían al sol del atardecer como cristales diamantíferos, y sombreadas por un denso fondo de antiguos olmos. Una ancha avenida, ahora transformada en una especie de cementerio con hierbajos y cizaña, flanqueada por una doble hilera de los mismos árboles oscuros, viejos y gigantescos, con alguna que otra brecha entre las solemnes hileras, y a veces con un árbol caído a través de la avenida, que conduce a la puerta de entrada.

Contemplando aquella sombría y desierta avenida desde lo alto de la diligencia, como he hecho a menudo, uno se asombra ante la multitud de señales que hablan de decaimiento y de abandono, los hierbajos que apuntan por entre las junturas de la escalera y de las piedras que forman las ventanas, las chimeneas faltas de humo sobre las que revolotean los grajos, la ausencia de vida humana y todas sus pruebas, que llevan a la conclusión de que el lugar está deshabitado y abandonado a la ruina. El nombre de esa antigua casa es Gylingden Hall. Altos setos y viejos árboles amortajan la casa que queda fuera de vista, y a un cuarto de milla se pasa, envuelta por unos melancólicos árboles, una pequeña y ruinosa capilla sajona que, mucho tiempo atrás, fue el cementerio de la familia de Marston, y que comparte la desolación y el abandono que reinan sobre todo aquel paraje.

Sobre la enorme melancolía de aquel apartado valle de Gylingden, solitario como un bosque encantado, en donde los cuervos vuelven a sus nidos entre los árboles y el extraviado venado, que atisba entre las ramas, parece tener un salvaje y sosegado dominio, se alza la desolada figura de Gylingden Hall.

En los últimos años todo ha quedado abandonado, y en algunos sitios el tejado está agrietado, a la espera de un «remiendo» a tiempo. A un lado de la casa expuesta a las galernas que soplan a través del valle como un torrente a través de su cauce, no queda una sola ventana entera y los postigos apenas logran impedir que la lluvia inunde su interior. Los techos y las paredes están roídos por el mildiu y verdes por las manchas de humedad. Por todas partes, donde hay goteras en el techo, los suelos se están pudriendo. Las noches de tormenta, según lo describe el guarda, es posible oír los portazos que se dan en la vieja casa desde tan lejos como el viejo puente Gryston, y el ulular y el sollozar del viento a través de sus desiertos corredores.

Unos setenta años atrás falleció el anciano caballero, Toby Marston, famoso en esta parte del mundo por sus perros de caza, su hospitalidad y sus vicios. Había hecho algunas cosas buenas y se había batido en duelo; había dilapidado mucho dinero y azotado a mucha gente. Se llevó consigo algunas bendiciones y muchas maldiciones, dejando a sus espaldas tal cantidad de deudas y cargas que dejaron consternados a sus dos hijos, quienes no estaban capacitados para los negocios ni las cuentas, y que nunca habían sospechado, hasta que murió el malvado, generoso y blasfemo antiguo caballero, cuán cerca estaba la propiedad de la insolvencia.

Se reunieron en Gylingden Hall. Tenían el testamento ante sus ojos, y unos abogados para interpretarlo, junto con la información referente a los gravámenes con que el difunto les había cargado. El testamento convirtió a los dos hermanos en auténticos protagonistas de una batalla mortal.

Ambos diferían en algunos aspectos, pero en sus características generales eran bastante parecidos, y también a su difunto padre. Jamás se peleaban a medias y ninguna pelea tenía como base una cosa baladí.

El mayor, Scroope Marston, el más peligroso de los dos, nunca fue el favorito del anciano caballero. No le gustaban los deportes campestres ni los placeres de la vida rústica. No era, por tanto, un atleta, ni tampoco era guapo. Al anciano caballero no le gustaba todo esto. El joven, que no le respetaba y que sólo superó su temor a la violencia del anciano cuando alcanzó la mayoría de edad, se la devolvió duplicada. Esta aversión del anciano, poco predispuesto hacia su hijo mayor, llegó a convertirse en un odio efectivo. Solía desear que el muy canalla, que el muy granuja, que el jorobado de Scroope, no se atravesara en el camino de hombres mejores, refiriéndose a su hijo menor Charles; y cuando estaba bebido, hablaba de tal forma que ni siquiera a sus amigos viejos y jóvenes, que seguían a sus perros de caza y se bebían su oporto, y podían soportar una cantidad razonable de brutalidad, les gustaba.

Scroope Marston era ligeramente deforme y su rostro delgado y cetrino, con unos grandes ojos negros muy penetrantes y el cabello negro y lacio, rasgos que a veces acompañan a la deformidad.

—Yo no he procreado a ese cerdo infame, no soy su progenitor... Antes llamaría hijo mío a un par de tenazas —acostumbraba a proclamar el anciano, aludiendo a las largas y flacas piernas de su hijo—. Charlie es un hombre, pero Scroope es un mequetrefe. No tiene buen carácter, no tiene nada mío, nada de hombre, no hay un solo rasgo de Marston en él.

Y cuando estaba muy borracho, el anciano caballero solía jurar que Scroope jamás se sentaría a la cabecera de la mesa ni asustaría a la gente de Gylingden Hall con su cara enjuta.

El Guapo Charlie era el hombre para su dinero. Sabía lo que era un caballo y podía sentarse junto a una botella, y las chicas se «derretían» como pompas de jabón en sus manos. Cada pulgada de sus seis pies de estatura era la de un Marston.

El Guapo Charlie y él, sin embargo, también tuvieron alguna que otra agarrada. El anciano caballero era tan suelto de látigo como de palabra, y cuando ninguna de ambas cosas era practicable, se sabía que le había propinado a alguien una buena bofetada. El Guapo Charlie, no obstante, pensaba que siempre llega el momento en que el castigo personal debe cesar; y una noche, cuando corría el oporto, hubo cierta alusión a Marion Hayward, la hija del molinero, que por alguna razón no le gustaba al viejo. Estando «empapado» en licor y con ideas más claras sobre el pugilismo que sobre la contención personal, el anciano intentó pegarle una bofetada, ante la sorpresa general, al Guapo Charlie. El joven apartó la cabeza científicamente y sólo se rompió una botella que cayó al suelo. Pero la sangre se le había subido a la cabeza al anciano caballero y saltó de su silla. Se abalanzó contra el Guapo Charlie, resuelto a no tolerar más necedades. El caballero Lilbourne, bastante bebido, intentó mediar y cayó tendido al suelo, cortándose una oreja con los cristales de la botella rota. El Guapo Charlie recibió en su mano abierta el puñetazo del anciano caballero y, cogiéndole por el plastrón, le apretó contra la pared. Dijeron que el anciano nunca había tenido la cara tan de color púrpura, ni ojos tan desorbitados, como cuando el Guapo Charlie le sostuvo aplastado contra la pared con los brazos.

—Bueno, no digas más tonterías y no te zurraré —masculló el anciano caballero—. Sí, has parado un buen golpe, ¿eh? Vamos, Charlie, dame la mano y sentémonos de nuevo, muchacho.

Así terminó la pelea y creo que fue la última vez que el caballero levantó la mano contra el Guapo Charlie.

Pero aquellos días terminaron. El viejo Toby Marston yacía frío e inmóvil, bajo la sombra del corpulento fresno que se alza dentro de las ruinas donde muchos miembros de la raza Marston se redujeron a polvo y ya han sido olvidados. La altas botas manchadas por el mal tiempo y las polainas de cuero, los tricornios que aún llevan los caballeros de aquella época, y los bien conocidos chalecos rojos que les llegaban hasta las caderas, y la feroz cara del anciano caballero, son ya solamente un borroso recuerdo. Y los hermanos, entre los que había sembrado un debate irreconciliable, lucían ahora sus recién cortadas ropas de luto, aún lustrosas, discutiendo furiosamente a través de la mesa del salón revestido de roble, que tan a menudo había resonado con las canciones irónicas y burlonas, con los juramentos y las risotadas de los vecinos a los que el anciano caballero había gustado de reunir allí.

Aquellos jóvenes caballeros, que se habían criado en Gylingden Hall, no estaban acostumbrados a refrenar sus lenguas, ni, en caso de necesidad, vacilaban en soltar un buen golpe. No asistieron al funeral del anciano. Su muerte había sido muy súbita. Tras haber sido transportado a su lecho en un estado eufórico y bravucón inducido por el oporto y los ponches, lo encontraron muerto por la mañana, con la cabeza colgando por un lado de la cama y el rostro muy negro e hinchado.

El testamento del caballero despojaba a su hijo mayor de Gylingden, de la que era en realidad el heredero legal. Scroope Marston estaba furioso. Su vozarrón no cesaba de tronar invectivas contra su difunto padre y su hermano vivo, y los potentes puñetazos con que aporreaba la mesa para reforzar sus tormentosas recriminaciones resonaban por toda la gran estancia. De pronto, irrumpió la voz ronca de Charlie, y acto seguido se produjo una serie alternativa de frases cortas, hasta que al final las dos voces resonaron juntas, muy altas y coléricas, formando un verdadero tumulto, tumulto que acabó por intimidar a los pacíficos abogados, hasta provocar la brusca suspensión de la conferencia. Scroope abandonó la habitación, su cara pálida más blanca al contrastar con su largo cabello negro, los ojos llameantes, las manos engarfiadas y pareciendo más feo y deforme que nunca en medio de sus convulsiones de cólera.

Palabras muy violentas se habían cruzado entre ellos, puesto que Charlie, a pesar de ser el ganador, estaba casi tan enojado como Scroope. El hermano mayor quería entrar en posesión de la mansión, iniciando para ello un proceso legal contra su hermano. Pero sus consejeros legales estaban claramente en contra de tal proceso.

Por eso, con el corazón henchido de arrogancia, se marchó a Londres y se reunió con los dueños de la firma que se había ocupado de los asuntos de su padre, encontrándoles bastante dispuestos y comunicativos. Consultaron la sucesión y descubrieron que Gylingden estaba exceptuado. Era un asunto muy antiguo pero, precisamente por ello, Gylingden quedaba exceptuado, por lo que no podía cuestionarse el derecho del viejo caballero a ceder la casa a quien quisiera en su testamento.

Pese a todo esto, Scroope, ansiando venganza y pelea, y dispuesto a destruirse si su hermano se destruía con él, atacó al Guapo Charlie y denunció el testamento del anciano caballero Toby ante el Tribunal de Privilegios, y asimismo ante los tribunales civiles, y la batalla entre ambos hermanos se fue incrementando, yendo en aumento mes a mes su exasperación.

Scroope perdió el pleito, y la derrota no le aplacó. Charles podía haber olvidado las palabras gruesas, pero también él se había ido encolerizando más cada vez durante algunas de las escaramuzas y movimientos especiales del largo pleito, y en todo cuanto constituye los episodios de una epopeya legal como aquella en que figuraron como combatientes rivales los dos hermanos Marston; y el pago de las costas legales acabó de sublevarle, con el usual efecto ejercido sobre un hombre que carece de medios financieros.

Pasaron los años sin que sanaran las heridas. Al contrario, la profunda corrosión provocado por su odio se ahondó con el tiempo. Ninguno de los hermanos se casó. Pero un accidente muy distinto se abatió sobre el menor, Charles Marston, que abrevió muy materialmente sus goces.

Sufrió una mala caída de su montura. Hubo varias fracturas y conmoción cerebral. Por algún tiempo se pensó que no se recuperaría. Sin embargo, superó todos los malos augurios. Se recobró, pero cambió en algunos detalles esenciales. Había recibido un gran golpe en una cadera, lo que le impidió volver a instalarse nunca más en una silla de montar. Y el espíritu indomable que siempre le había animado, también le había abandonado.

Había permanecido cinco días en coma —con absoluta insensibilidad— y cuando recobró la conciencia se vio acosado por una indescriptible ansiedad.

Tom Cooper, que había sido el mayordomo en los días gloriosos de Gylingden Hall, con el anciano caballero Toby, seguía en su puesto con su anticuada fidelidad, en aquellos días de desvanecido esplendor y frugal gobierno de la casa. Veinte años habían transcurrido desde la muerte de su viejo amo. Por su parte, se había adelgazado y encorvado, y su rostro estaba oscurecido con el peculiar matiz de la edad, arrugado y demacrado, y su carácter, salvo ante su señor, era más huraño cada día.

Su amo había visitado los balnearios de Bath y Buxton, regresando igual que se fue, cojeando y teniendo que apoyarse en un bastón. Cuando los perros y los caballos de caza se vendieron, desapareció la última tradición de Gylingden. El joven caballero, como le llamaban todavía, excluido por su accidente de los cotos de caza, empezó a llevar a una vida solitaria, deteniéndose de cuando en cuando, lenta y solitariamente, en la vieja propiedad, sin levantar casi nunca los ojos y con la apariencia de una tristeza invencible.

El viejo Cooper, que hablaba libremente con su amo en ciertas ocasiones, un día le dijo, al tiempo que le daba el sombrero y el bastón en el vestíbulo:

—Debería animarse un poco, señor Charles.

—Nada puede animarme, mi buen Cooper.

—Bueno... es que creo que a usted le ronda algo por la cabeza, y no se lo cuenta a nadie. No es bueno guardarse algo así. Se sentirá mucho mejor si lo suelta. Vamos, ¿qué le pasa, señor Charlie?

El caballero miró, con sus ojos grises, fijamente, los ojos de Cooper y sintió que acababa de romperse una especie de encantamiento. Fue algo parecido a la antigua regla del fantasma que no puede hablar hasta que le hablan. Durante unos segundos observó ansiosamente el rostro del viejo Cooper, y suspiró profundamente.

—No es la primera vez que das pruebas de poseer una gran perspicacia, mi buen Cooper, y me alegro de que hayas hablado.

Sí, algo hay en mi mente desde que sufrí la maldita caída. Vamos, acércate y cierra la puerta.

El caballero abrió la puerta del salón y contempló los cuadros distraídamente. No había estado allí desde hacía algún tiempo y, tras sentarse a la mesa, volvió a estudiar el rostro de Cooper antes de empezar a hablar.

—No es gran cosa, Cooper, pero me inquieta. y no deseo hablar de ello ni al párroco ni al médico, pues sabe Dios lo que dirían, aunque no hay en ello nada significativo. Pero tú siempre fuiste fiel a mi familia y por esto no me importa contártelo.

—Puede estar tan seguro de mi silencio, señor Charles, como si lo guardara en un cofre y luego tirara la llave a un pozo.

—No es más que esto —continuó Charles Marston, bajando la vista hasta la contera de su bastón, con el que trazaba líneas y círculos—; mientras estuve tendido como muerto, cosa que todos creíais al fin y al cabo, estuve con el antiguo señor —levantó los ojos hacia Cooper mientras hablaba y, tras lanzar una palabrota, prosiguió—: ¡Estuve con él, Cooper!

—A su modo era un buen hombre —asintió el viejo Cooper, devolviéndole la mirada a Charles temerosamente—. Fue un buen amo para mí y un buen padre para usted y espero que sea feliz, así Dios le dé un buen descanso.

—Bien, no es más que esto —repitió el caballero Charles—; durante todo aquel tiempo yo estuve con él o él estuvo conmigo, no sé cuál de ambas cosas. Lo cierto es que estuvimos juntos, y pensé que jamás me vería libre de sus garras, y constantemente me estuvo atosigando por una cosa u otra, y ni para salvar la vida, Tom Cooper, desde el momento en que salí del coma no he podido borrar esto de mi mente, y daría una mano para saber la verdad; y si se te ocurre algo que justifique este suceso, por favor, no temas, mi buen Cooper, en exponerla, porque el viejo me amenazó con dureza... y oh, sí, era él sin duda alguna.

A estas palabras siguió un prolongado silencio.

—¿Y usted, señor Charles, qué opina de esto? —inquirió Cooper.

—No sé qué puede ser. Yo nunca golpeé a nadie… nunca. Tal vez… el viejo sabía algo de ese… villano jorobado, de Scroope, que juró ante el juez Gingham que yo había escondido un papel de la sucesión… bueno, mi padre y yo; y así me salve como espero, Tom Cooper, si nunca se dijo una mentira más grande. Por esta mentira yo habría podido denunciarle y hacerle pagar más de lo que vale, pero el abogado Gingham no quiso actuar en mi favor ya que había escasez de dinero en Gylingden, y no podía cambiar de abogado pues todavía le debo un puñado de dinero. Pero mi hermano llegó a jurar que me haría colgar. Lo dijo con estas mismas palabras: que nunca descansaría hasta verme colgado, y pienso que es esto lo que preocupa al anciano caballero; es algo suficiente como para enloquecer a cualquiera. No me lo quito de la cabeza, ni puedo recordar las palabras que pronunció, y sólo recuerdo que profirió una terrible amenaza y que parecía —¡el Señor se apiade nosotros!— espantosamente colérico.

—Pues no tiene por qué estar enfadado… ¡Así el Señor tenga piedad de su alma! —razonó el mayordomo.

—No, claro está; y tú no se lo dirás a nadie, Cooper, a ningún ser vivo que el viejo está tan enfadado, ni nada en absoluto de todo esto.

—¡Así Dios me condene! —exclamó el viejo Cooper, meneando la cabeza—. Y, por mi parte, pienso que tal vez su enfado se deba a que en tanto tiempo no se ha colocado sobre su tumba ninguna losa con una inscripción que diga quién está enterrado allí.

—¡Ay! No había pensado en eso. Ponte el sombrero, mi buen Cooper, y ven conmigo; iremos a ver lo que dices.

Hay un atajo que, pasando un molinete, conduce al parque, y desde allí al pintoresco camposanto, que se extiende tras un recodo de la carretera, rodeado por altos y viejos árboles. Era una magnífica puesta de sol y las luces melancólicas y las alargadas sombras extendía sus peculiares efectos sobre el paisaje cuando el Guapo Charlie y el viejo mayordomo se dirigían al lugar donde el primero iba a yacer también algún día.

—¿Por qué ladraron tanto los perros anoche? —preguntó el caballero, cuando hubieron recorrido un buen trecho de su camino.

—Había un perro muy extraño, señor Charlie, frente a la casa; todos los nuestros estaban en el patio… era un perrazo blanco con la cabeza negra, y estaba husmeando la rampa que hizo construir el anciano señor, Dios le dé un buen descanso, cuando tuvo tan mala la rodilla. Cuando aquel perro llegó arriba de la rampa y empezó a ladrar a las ventanas, me habría gustado darle un buen susto.

—¡Hola! ¿Era como este? —inquirió el caballero, parándose en seco y señalando con el bastón a un perro blanco con una enorme cabeza negra, que estaba dando vueltas alrededor de los dos hombres, medio agazapado, con ese aspecto de incertidumbre y desprecio que los perros saben asumir tan bien.

El caballero le silbó al perro, que era de raza bulldog y parecía medio muerto de hambre.

—El pobre ha hecho un largo viaje, está delgado como una estaca y muy sucio, y sus garras más bien parecen muñones —comentó pensativamente el caballero—. No es un mal perro, Cooper. A mi pobre padre le gustaban mucho los bulldogs, y sabía diferenciar los buenos de los malos.

El perro contemplaba la cara del caballero con esa curiosa mueca que emplean todos los de su raza, y este pensó irreverentemente en la gran semejanza que tenía aquella cara canina con la de su progenitor cuando empuñaba un látigo, rabiosamente, para castigar a alguno de sus guardabosques.

—En realidad debería matarle. Asustará al ganado y matará a nuestros perros —musitó el caballero—. ¿No es cierto, Cooper? Le diré al guardabosques que lo vigile. Ese ejemplar puede vencer a cualquier oveja y no quiero que se alimente con mis corderos.

Pero por más que el caballero intentó hacerle huir, no lo consiguió, sino que cuando ambos hombres reanudaron la marcha, el animal los siguió a prudente distancia, tímidamente.

Fue en vano tratar de ahuyentarle. El perro empezó a trazar grandes círculos alrededor de los dos hombres, como el perro infernal del Fausto, sólo que no dejaba ningún rastro de fuego detrás suyo. Esas maniobras eran ejecutadas como una especie de súplica, que halagaba y conmovía al objeto de sus preferencias, o sea al caballero. Finalmente, este lo llamó, lo acarició y, hasta cierto punto, lo adoptó.

El perro empezó a seguir los pasos del caballero obedientemente, como si el Guapo Charlie hubiera sido su señor desde mucho tiempo atrás. Cooper abrió la puertecilla de hierro y el perro se coló siguiendo a los otros dos, en tanto iban visitando la capilla carente de techo.

Los Marston yacían bajo el suelo de aquel pequeño edificio, en filas. No era un verdadero panteón. Cada uno tenía su sepulcro individual con un revestimiento de mampostería. Cada sepulcro estaba tapado por una losa, en cuya cara superior se grababa el epitafio, excepto en el del pobre caballero Toby. En su sepultura no había nada más que hierbajos y el revestimiento de mampostería que indicaba el lugar donde debería colocarse la losa cuando la familia pudiera adquirir una como las demás.

—Sí, esta sepultura es muy humilde. Claro, esto le corresponde al hermano mayor, pero si él no se ocupa, lo haré yo por mi cuenta; sí, será el hermano menor quien pondrá la losa donde debe estar.

Dieron una vuelta por el pequeño camposanto. El sol estaba ya muy bajo en el horizonte y el resplandor metálico de las nubes, aún iluminadas por el moribundo sol, se combinaba con los últimos resplandores del crepúsculo. Cuando Charlie volvió a atisbar en la pequeña capilla, vio que el feo perrazo se había tumbado sobre el sepulcro del caballero Toby, pareciendo medir al menos el doble de su tamaño natural, y Charlie pareció fascinado por sus bufonadas. Si alguna vez habéis visto un gato tumbado en el suelo, jugando con un puñado de valeriana, retorciéndose, desperezándose, frotando su hocico con interminables lametones y absorto en un éxtasis sensual, habréis contemplado un fenómeno semejante al que observó el Guapo Charlie.

La cabeza del bruto parecía tan grande, su cuerpo tan largo y delgado, y sus articulaciones tan desgarbadas y dislocadas, que el caballero, con el viejo Cooper a su lado, que lo miraba con una sensación de enojo y asombro, al cabo de un par de segundos levantó el bastón y le propinó un par de estacazos. El perro salió de su éxtasis, saltó hacia la cabecera de la sepultura y, súbitamente y boqueando, se enfrentó al caballero que estaba a los pies del sepulcro, con una terrible mueca y unos ojos que brillaban con el peculiar color verdoso de la furia canina.

Al momento siguiente estaba agazapado abyectamente a los pies del caballero.

—Es una fiera —comentó el viejo Cooper, contemplando temerosamente al animal.

—A mí me gusta —rebatió el caballero.

—A mí no —dijo Cooper.

—Bah, de cualquier manera no volverá a entrar aquí —aseguró el caballero.

—No me extrañaría que fuese un brujo —masculló el viejo Cooper, que recordaba más cuentos de brujas de lo que era normal en aquella parte del mundo.

—Es un buen perro —continuó el caballero, soñadoramente—. Me acuerdo de la época en que hubiera dado un buen puñado por él... pero ya nunca serviré para nada. Bien, vamos.

Se agachó y acarició al animal, el cual dio un brinco y le miró a la cara, como buscado alguna señal, por leve que fuera, a la que pudiera obedecer.

A Cooper no le gustaba ni uno solo de los huesos de aquel perro. No se imaginaba qué podía su amo admirar en él. Pero Charlie lo tuvo toda la noche en la sala de armas, y el perro le acompañó en sus vueltas por la casa. Cuanto más se encariñaba el caballero con el perro, tanto menos gustaba a Cooper y a los demás sirvientes.

—No tiene ni una sola buena cualidad —gruñía Cooper—. Creo que el señor Charlie debe estar ciego. Y el viejo Capitán (un viejo loro colorado, que estaba encadenado en una percha del salón y charlaba consigo mismo, y mordisqueaba sus garras y la percha todo el día), el viejo Capitán, la única cosa viva, exceptuándonos a uno o dos de nosotros, y al mismo caballero, que recordamos al antiguo señor, así que vio al perro, chilló como alcanzado por un rayo, meneando sus plumas salvajemente, y luego cayó, pobrecito, colgado de una pata, en un ataque de miedo.

Pero nada puede oponerse a un capricho, y el caballero era una de esas personas obstinadas que persisten más en sus manías cuanto más los demás se oponen a ellas. Sin embargo, la salud de Charles Marston se resentía por su cojera. La transición del ejercicio habitual y violento a una vida de privaciones a la que se hallaba reducido, nunca deja de perjudicar la salud; y una serie de molestias dispépticas, cuya existencia nunca había sospechado, le angustiaba ahora con triste ansiedad. Entre tales molestias se contaba un frecuente insomnio en medio de terribles sueños y espantosas pesadillas. En esas, de forma invariable, tomaba parte su perro favorito, a veces como figura central y otras como comparsa. En estas visiones, el perro parecía tumbarse en la cama junto a su amo, con una horrible semejanza a los feos rasgos del anciano caballero Toby, con su costumbre de menear la cabeza y levantar la barbilla; luego, le hablaba de Scroope y le decía que era una mala persona, que «las cosas no iban bien» y que debía «acabar con ese asunto»; que él, Toby, le había jugado una mala pasada, pero que había llegado el momento y que «lo justo era lo justo», y que se hallaba muy inquieto, «allí donde estaba», por Scroope.

Luego, en el sueño, aquel bruto semi-humano acercaba su hocico a la cara de su amo, arrastrándose y agazapándose junto a este, tan pesado como el plomo, hasta que el hocico del animal tocaba el rostro de Charles, con las mismas odiosas carantoñas y las mismas bufonadas que él había presenciado en el sepulcro del anciano caballero. Charlie se despertaba sobresaltado, lanzando un grito, y se sentaba rígido en la cama, bañado en sudor frío, creyendo ver algo blanco que se deslizaba por el suelo al pie de la cama. A veces pensaba que era la cortina con su ribete blanco lo que caía de la cama, o la colcha desordenada por sus incansables vueltas mientras dormía; pero lo cierto era que en esos momentos siempre creía ver una cosa blanca deslizándose fuera de la cama; y siempre, cuando tenía esos sueños, a la mañana siguiente el perro se mostraba más obediente y servil, como queriendo hacerse perdonar, con sus caricias y sus desvelos, la sensación de disgusto que el horror nocturno había dejado en el ánimo de su amo.

El médico satisfizo a medias a Charles, al asegurarle que no había nada raro en tales sueños, pues las pesadillas suelen deberse a alguna forma de indigestión, como las que su paciente solía padecer.

Durante algún tiempo, como para corroborar esta teoría, el perro dejó de tomar parte en los sueños. Pero al final volvió a figurar en uno, siendo la visión más perturbadora que nunca.

En dicha pesadilla, la habitación no estaba a oscuras; el caballero oía al perro yendo desde la puerta hasta la cama, lentamente, ocupando el sitio de su preferencia. Una parte de la habitación carecía de alfombra, por lo que el durmiente oía perfectamente los pasos peculiares de los perros, en los que es muy audible el crujido de las garras. Era un paso ligero y seguro, pero a cada paso el cuarto temblaba pesadamente; Charles sintió que algo se colocaba al pie de la cama y vio un par de ojos verdes mirándole en la oscuridad, sin que él pudiera desviar su propia mirada en absoluto. De pronto oyó, o le pareció oír, al anciano caballero Toby, que rezongaba:

—Han pasado las once, Charlie... y no has hecho nada... tú y yo le hemos jugada una mala pasada a Scroope... la hora se acerca... tú y yo debemos acabar con lo de Scroope —hasta que al final la voz añadió—: La hora fatal está a punto de sonar.

Y tras un prolongado gruñido, la cosa empezó a arrastrarse hasta los pies de Charles; el gruñido continuó y el caballero observó el reflejo de unos ojos verdes en las ropas de la cama, cuando la cosa iba arrastrándose lentamente para situarse a su lado. Charles, con un grito ronco, se despertó. La luz, que desde la muerte del antiguo caballero solía estar encendida en la habitación, se había apagado. Charles temió levantarse, e incluso mirar a su alrededor por un buen rato, seguro de que los ojos verdes le miraban fijamente en la oscuridad desde un rincón. Apenas se había recobrado de la primera agonía que una pesadilla siempre deja tras de sí, y empezaba a coordinar sus ideas, cuando oyó que el reloj daba las doce. Y recordó las fatales palabras: «Han pasado las once... la hora se acerca... la hora fatal está a punto de sonar...» y Charles pensó que iba a oír de nuevo aquella voz repitiendo las mismas palabras.

A la mañana siguiente, el caballero parecía enfermo.

—¿Conoces una habitación, mi buen Cooper —le preguntó Charles al mayordomo—, que solían llamar la Cámara del Rey Herodes?

—Sí, señor. La historia del rey Herodes estaba escrita en las paredes de esa estancia cuando yo era un muchacho.

—En ella hay un armario… ¿verdad?

—De esto no estoy seguro; pero usted no debería abrirlo, si hay uno, porque los goznes ya estaban podridos y fuera de la pared, antes de nacer usted; y en su interior no hay más que algunas cosas rotas y algo de leña. Yo mismo vi cómo todo eso lo metía allí el pobre Twinks, el que era tuerto y más tarde pasó a ser lacayo. ¿Se acuerda de Twinks? Murió aquí, por la época de la gran nevada. Por eso tuvieron mucho trabajo para enterrarle, pobre viejo...

—Busca la llave, mi buen Cooper; quiero registrar esa habitación —le ordenó el caballero.

—¿Pero qué demonios quiere hallar allí? —se sulfuró Cooper, con ese privilegio que otorga ser mayordomo.

—¿Qué demonios te importa? Pero te lo diré. No quiero que el perro esté en la sala de armas, y quiero meterle en otro sitio, de modo que podría ponerle en esa habitación.

—¡Un perro en un dormitorio! ¡Vamos, señor...! ¡La gente pensará que está usted loco!

—Que lo piensen; busca la llave e inspeccionaremos esa habitación.

—Debería matarle, señor Charlie. Usted no oyó el ruido que hizo la noche pasada en la sala de armas, yendo de un lado a otro, gruñendo como un tigre en una jaula; y, pese a lo que dice usted, ese perro no vale lo que come; no tiene ni un rasgo de perro... ¡es un perro malvado!

—Yo sé de perros más que tú, y te repito que es un buen perro —retrucó el caballero obstinadamente.

—Si yo tuviera que juzgar a ese perro, le colgaría de un árbol —replicó Cooper.

—Yo no voy a colgarle, y punto final. Ve a buscar la llave y no hables más. A lo mejor, cambio de idea.

Esa manía de visitar la Cámara del Rey Herodes tenía, realmente, un objetivo diferente del que había pretendido el caballero. La voz de su pesadilla le había dado unas directrices especiales, que le acosaban y no le dejarían en paz hasta que las comprobara. Por eso, lejos de gustarle el perro aquel día, empezó a considerarlo bajo una horrible sospecha; y si el viejo Cooper no hubiese excitado su carácter obstinado con sus palabras, el caballero se habría librado del perro antes del anochecer.

Charles y el viejo Cooper subieron al tercer piso, en desuso desde hacía mucho tiempo. Al final de un corredor lleno de polvo, se hallaba la habitación que buscaban. La antigua tapicería, de la que la habitación había tomado el nombre, había sido reemplazada por un empapelado moderno, polvoriento y arrancado de las paredes en algunos sitios. Una espesa capa de polvo cubría el suelo. Unas sillas y tablas rotas, llenas de polvo, junto con otros muebles, se hallaban amontonados en un rincón.

Ambos penetraron en la alcoba, que estaba vacía. El caballero miró a su alrededor, y nadie hubiera sabido decir si se sentía aliviado o defraudado.

—Aquí no hay muebles —masculló el caballero. Fue a asomarse a una polvorienta ventana—. Me dijiste algo últimamente, no me refiero a esta mañana... algo acerca de esta habitación o de la alcoba... algo que he olvidado...

—¡Dios le bendiga, señor! Hace más de cuarenta años que no me había acordado de esta habitación.

—¿No había allí una especie de mueble antiguo llamado bufete? ¿Te acuerdas? —inquirió el caballero.

—¿Un bufete? Bueno, sí... seguro... había un bufete o algo por el estilo... —asintió Cooper—, pero quedó bajo el empapelado.

—¿Y qué es?

—Un armario empotrado en la pared —respondió el viejo mayordomo.

—Ah, entiendo... y está debajo del empapelado, claro...

—Bueno, creo que está por aquí... —Cooper empezó a tantear la pared con sus nudillos, hasta que de pronto sintió que sus golpes daban en hueco—. Aquí está.

Charles arrancó el papel de la pared y dejó al descubierto las puertas de un pequeño armario empotrado, de unos dos pies cuadrados, fijadas a la pared.

—Esto es adecuado para municiones y pistolas, y el resto de mis baratijas —comentó el caballero—. Vamos, dejaremos al perro donde está. ¿Tienes la llave del armario?

No, no la tenía. El antiguo amo lo había vaciado y cerrado bien, y luego ordenó que se empapelara encima, y este era el final de la historia.

Charles bajó y cogió un fuerte destornillador de su caja de herramientas, luego volvió a subir a la Cámara del Rey Herodes y, con cierta dificultad, logró abrir las puertas del armario. Dentro halló unas cartas y varios contratos cancelados, y una escritura en pergamino que llevó junto a la ventana y leyó con bastante agitación. Era una escritura suplementaria redactada y firmada una quincena después de otras precedentes, anterior a la boda de su padre, en la que se colocaba a Gylingden bajo estricta sucesión de su hijo mayor, lo que se denomina «derecho de progenitura». Guapo Charlie, en su pleito fraternal, había adquirido algunos conocimientos de leyes, y por eso sabía perfectamente que el efecto de tal escritura era, no sólo transferir la casa y las tierras a su hermano Scroope, sino también dejarle a él a merced de su enfurecido hermano, que podría exigirle hasta la última guinea que hubiera recibido personalmente a modo de renta, desde la fecha de la muerte de su padre.

Aquel fue un día trágico, nublado, con algo amenazador en su aspecto, y la oscuridad, desde donde estaba, era mayor a causa de la copa de uno de los corpulentos árboles que ensombrecían la ventana.

En un estado de gran confusión, trató de meditar sobre su situación. Se metió la escritura en el bolsillo, desechando la idea de destruirla. Algún tiempo atrás no habría vacilado ni un momento en hacerlo, pero ahora su salud y sus nervios estaban destrozados, y asimismo se hallaba bajo una sobrenatural alarma con el extraño descubrimiento que confirmaba la existencia de tal disposición testamentaria.

En este estado de profunda agitación, oyó un resoplido en la puerta de la alcoba, y después unos arañazos impacientes y un gruñido prolongado. Reuniendo todo su valor y sin saber qué podía esperar, abrió la puerta y vio al perro, no en la forma en que lo veía en sueños, sino moviendo la cola alegremente, agazapándose y moviéndose en señal de sumisión; a continuación empezó a pasearse por la alcoba, gruñendo hacia cada uno de sus rincones, presa de una tremenda agitación.

Luego, el perro volvió a tumbarse en tierra, a los pies del caballero.

Pasado el primer momento, las sensaciones de odio y miedo empezaron a desvanecerse, y Charles casi se reprochó haber rechazado el afecto de aquel pobre animal con una antipatía que ciertamente no se merecía.

El perro le siguió escaleras abajo. De forma muy rara, la vista de aquel animal, tras la anterior repulsión, tranquilizó al caballero; había en sus ojos una expresión tan noble y notable, que le confirmaba como un simple perro.

Pero al atardecer, Charles había decidido seguir un curso intermedio; no informaría a su hermano de su descubrimiento ni destruiría la escritura. Él nunca se casaría. Ya había pasado su tiempo. Dejaría una carta explicando el descubrimiento de la escritura, dirigida al único albacea superviviente, que probablemente ya lo habría olvidado todo, y con esa confesión, probablemente todo volvería a su cauce después de su muerte. ¿No era esto justo? Al menos satisfacía a lo que él llamaba conciencia, y pensaba que sería un correcto compromiso con su hermano; por consiguiente, a la hora del crepúsculo salió a dar su acostumbrado paseo.

Cuando regresó, como siempre al final del crepúsculo, el perro le esperaba, también como siempre, empezando a mostrarse agitado y trazando grandes círculos en torno a su amo, casi a su máxima velocidad, la cabezota entre sus patas mientras corría. Gradualmente se fue excitando más y más, estrechando más los círculos, gruñendo cada vez más alto y con más ferocidad, y Charles se detuvo y asió con fuerza el bastón, porque los ojos inyectados en sangre amenazaban con un ataque. Dando vueltas y vueltas en conjunción con el perro, y tratando en vano de alcanzarle con el bastón, el caballero acabó por cansarse, creyendo que sería incapaz de mantener el perro a raya, cuando de repente el animal se paró en seco y se arrastró a los pies de su amo, meneando la cola sumisamente.

Nada podía ser más disculpable y abyecto; y cuando el caballero le asestó dos bastonazos, el perro se limitó a quejarse, se estremeció y se lamió las patas. Charles se sentó sobre un árbol caído, y su quejoso compañero, recobrando el ánimo al instante, empezó a oler y husmear entre las raíces. El caballero se palpó el bolsillo en busca de la escritura... sí, estaba a salvo; y otra vez reflexionó, en aquella soledad, sobre la cuestión de si debía conservarla hasta después de su muerte o de la de su hermano, o destruirla al momento. Empezaba a inclinarse por la última solución, cuando el largo gruñido del perro le sobresaltó.

Charles estaba sentado entre un melancólico soto de viejos árboles, que se inclinaban gentilmente hacia el oeste. El efecto de luz era exactamente como el descrito antes: un débil resplandor rojizo se reflejaba hacia la tierra desde el cielo, una vez puesto el sol, prestando a las crecientes tinieblas una inseguridad fantasmal. El bosquecillo, que se hallaba en una pequeña hondonada, y debido al horizonte circunscrito que sólo daba a un lado, tenía un aspecto muy solitario.

Charles se puso de pie y miró por encima de una especie de barrera, formada accidentalmente por los troncos de los árboles caídos, unos encima de otros, y divisó al perro tumbado al otro lado, pareciendo que su tamaño había aumentado el doble. El sueño volvía a empezar. De repente, el bruto asomó la enorme cabeza por entre los troncos, con el largo cuello esforzándose por pasar a través de los mismos, y el cuerpo retorciéndose como el de un inmenso lagarto blanco; al mismo tiempo gruñía y ladraba como ansioso de devorar a su amo.

Con la rapidez que le permitía su cojera, el caballero huyó de aquel lugar solitario en dirección a la casa. Estoy seguro de que no habría podido decir qué pensamientos le pasaron por la cabeza en aquel instante crucial, pero cuando el perro consiguió ponerse a su altura, ya estaba apaciguado y hasta de buen humor, sin parecido alguno con el bruto que le acosaba en sueños.

Aquella noche, casi a las diez, el caballero, muy agitado, envió en busca del guardabosque y le manifestó su creencia de que el perro estaba loco y que debía matarle. Podía hacerlo en la sala de armas, porque allí disparar uno o dos tiros no importaba, y el perro no tendría así ninguna ocasión de escaparse.

El caballero le entregó al guardabosque su escopeta de cañón doble, debidamente cargada. El caballero sólo acompañó al guardabosque hasta el vestíbulo, y al llegar allí posó una mano en el brazo de este, el cual observó que aquella mano temblaba y parecía tan blanca como la cuajada.

—Escuche un poco... —susurró Charles de repente.

Oyeron al perro en un estado de gran excitación dentro de la estancia, gruñendo ominosamente, saltando a la repisa de la ventana, saltando de nuevo al suelo, y correteando por toda la sala.

—Tiene usted que ser muy hábil... sin darle la menor oportunidad, deslizarse de soslayo... ¿entiende? ¡y disparar con los dos cañones!

—No es el primer perro que he matado, señor —aseguró el guardabosque, al tiempo que montaba la escopeta.

Cuando el guardabosque abría la puerta, el perro había saltado hacia la chimenea vacía.

—Jamás he visto un animal tan diabólico —musitó aquel.

La bestia giró en redondo, como para trepar por la chimenea, «pero esto no podía hacerlo de ninguna manera», y de pronto lanzó un grito... no como el grito de un perro sino como el de un hombre pillado por la manivela de un molino, y antes de que pudiera saltar hacia el guardabosque, este disparó. El perro se abalanzó sobre a él, y rodó sobre por el suelo al recibir el segundo impacto en la cabeza, hasta que se quedó quieto, bufando, a los pies del matador.

—Nunca había visto nada igual, ni tampoco un bufido como este —afirmó el guardabosque, accionando el retroceso del arma—. Hace que uno se sienta muy raro.

—¿Está bien muerto? —se interesó el caballero.

—No se meneará más, señor —asintió el guardabosque, arrastrando al perro por el cuello.

—Ahora colóquelo en la puerta de entrada —le indicó el caballero—, y esta noche lo arroja fuera de la verja... el viejo Cooper dice que era un brujo —al recordarlo el pálido caballero sonrió—, de modo que no tiene que estar enterrado en Gylingden.

Nunca un hombre se sintió más aliviado que el caballero, e incluso durmió mejor durante siete noches enteras, cosa que no había conseguido en muchas semanas.

Todos debemos llevar a cabo las buenas resoluciones con prontitud. Existe una determinada gravitación hacia el mal que, abandonado a sí mismo, domina a las buenas intenciones. Si en un momento de temor supersticioso el caballero decidió realizar un enorme sacrificio respecto a la escritura de modo tan extrañamente recuperada, y comportarse con honradez con su hermano, esa resolución no tardó en dejar sitio a un compromiso con el fraude, consistente en posponer la restitución por un período determinado hasta que fuese imposible disfrutar de la hacienda. Por entonces, el lenguaje violento y amenazador de Scroope fue en aumento, insistiendo sobre el mismo tema: que no dejaría piedra sobre piedra hasta demostrar que existía una escritura que Charles había escondido o destruido, por lo que no descansaría hasta que hubieran colgado a su hermano.

Esto, claro está, era hablar por hablar. Al principio solamente le enfadó, pero con el reciente conocimiento de su culpabilidad y la supresión de la escritura, había llegado el miedo. El peligro que corría era la misma existencia de la escritura y poco a poco resolvió destruirla. Hubo muchas indecisiones y arrepentimientos antes decidirse por completo a cometer el crimen. Al final, no obstante, lo cometió y se deshizo de lo que podía llegar a ser el instrumento de su desgracia y su ruina. Sintió alivio al hacerlo, pero también una nueva y terrible sensación de culpa.

Por fin había dejado de lado sus visiones sobrenaturales. Sin embargo, ahora era otra clase de inquietud la que le mantenía agitado.

Y una noche, o al menos eso se imaginó, unas violentas sacudidas en su cama le despertaron súbitamente. A la imperfecta luz de la habitación distinguió que dos figuras se encontraban al pie de su cama, sujeta cada una a una columna de la misma. En una de ellas creyó reconocer a su hermano Scroope, y la otra era el anciano caballero, sin la menor duda, y ambos estaban sacudiendo la cama para despertarle. Toby empezó a hablar cuando Charles estuvo bien despierto, y sus palabras fueron como sigue:

—¡Sal de esta casa, pues no durará mucho! Vendremos juntos, amigablemente, y nos quedaremos aquí. Cometiste el crimen con los ojos bien abiertos, y por ello Scroope te colgará. Mejor aún ¡te colgaremos los dos! ¡Mírame, maldito demonio!

Y el anciano caballero alargó su rostro temblorosamente, como sediento de sangre, a cada momento más parecido al perro, y empezó a trepar a la cama y saltó a los pies, y Charles divisó una figura, apenas una sombra oscura, que también escalaba la cama; y se produjo una gran confusión y clamores en el dormitorio, junto con voces y risas, pero el caballero no podía captar las palabras y, de pronto, lanzando un grito, se despertó.... y se encontró tendido en el suelo. Los fantasmas y las voces habían desaparecido, pero hubo un estruendo y el ruido de algo que se fragmentaba llegó sus oídos. La gran jofaina de porcelana, en la que varias generaciones de Marston de Gylingden habían sido bautizadas, había caído al suelo desde la repisa de la chimenea y se había roto en el hogar de piedra.

—He estado soñando toda la noche con Scroope y no me extrañaría, mi buen Cooper, que hubiera muerto —comentó el caballero, cuando descendió a la planta bajo a la mañana siguiente.

—¡Dios mío! —exclamó el viejo servidor—. Yo también he soñado con él, señor; soñé que estaba maldiciendo por un agujero que el fuego hacía en su levita, y el anciano señor, ¡Dios esté con él!, dijo, con toda claridad, y yo juraría que era él mismo:

»—Cooper, levántate, maldito ladrón de tierras, y ayúdanos a colgarle... porque es un perro tonto y no mi perro.

»Se refería al perro que matamos anoche, supongo, que todavía tenía grabado en la memoria. Pensé que el anciano señor iba a darme un puñetazo con sus nudillos y exclamé al despertar: «A su servicio, señor», y por un buen rato no pude quitarme de la cabeza que el anciano señor estaba en la habitación.»

Unas cartas procedentes de la ciudad no tardaron en convencer al caballero que su hermano Scroope, lejos de haber muerto, estaba particularmente activo; y el abogado de Charles le escribió para notificarle, muy alarmado, que había oído, casualmente, que estaba a punto de iniciar un pleito respecto a una escritura suplementaria de la que tenía evidencias, y que le otorgaba Gylingden. Ante esta amenaza, Guapo Charlie chascó los dedos, y le escribió valerosamente a su abogado, dispuesto a soportar después lo que pudiese acontecerle, aunque con una secreta premonición.

Ahora, Scroope amenazaba en voz alta, jurando según su amargo estilo, reiterando su antigua promesa de colgar a aquel estafador. En medio de esas amenazas y preparativos, no obstante, se produjo una triste paz: Scroope falleció, sin tiempo incluso para organizar un ataque póstumo contra su hermano. Fue uno de esos casos de fallo cardíaco en que la muerte llega tan súbitamente como por medio de un proyectil.

Charlie no logró ocultar su alegría. Fue algo abyecto. Aunque no, por supuesto, malvado. Porque en realidad no fue más que el alivio resultante de haberse librado de un temor secreto. También hubo una anécdota cómica, afortunada para Charlie: justo el día anterior a su muerte, Scroope había destruido su antiguo testamento, en el que lo dejaba todo, hasta el último centavo que poseía, a un extraño, ya que intentaba firmar otro un par de días más tarde, legándolo todo a la misma persona a condición de que persiguiera a Charlie judicialmente.

El resultado fue que todo cuanto poseía Scroope pasó incondicionalmente a su hermano Charlie, su heredero legal. Esto sí creó un campo abonado para grandes júbilos. aunque también subsistió el odio profundamente asentado de media vida de mutuas y persistentes agresiones y amenazas; y Guapo Charlie siguió alimentando en su interior un inmenso rencor, disfrutando de todo corazón ante la idea de una revancha.

De buena gana habría impedido que su hermano fuese enterrado en la antigua capilla de Gylingden, donde él deseaba descansar definitivamente; pero sus abogados dudaron de que ello fuera posible, y de que él pudiera soportar el escándalo que tendría lugar a la vuelta del funeral, al que, según sabía, asistiría mucha gente del país y también otros, con su hereditaria condición servil hacia los Marston.

Pero les advirtió a sus sirvientes que ninguno de ellos debía asistir al funeral, prometiéndoles entre juramentos y maldiciones, que debían obedecerle, y que si alguno no lo hacía, a la vuelta del funeral hallaría cerrada la puerta de la casa.

No creo, con excepción del viejo Cooper, que a los criados les importase mucho tal prohibición, aparte de impedirles dar rienda suelta a la curiosidad siempre fuerte en aquella soledad campestre. Cooper sentíase terriblemente vejado al pensar que el hijo mayor del antiguo caballero debía ser enterrado en la capilla de la familia, sin ninguna señal de respeto por parte de la gente de Gylingden Hall. Le preguntó a su amo si al menos habría un poco de vino y refrescos en el salón, en caso de que algunos caballeros del país quisieran presentar sus condolencias a los familiares del difunto. Pero el caballero se limitó a lanzar maldiciones, le contestó que se ocupara de sus propios asuntos y le ordenó decir, si tal cosa sucedía, que él estaba fuera, por lo que no se había preparado nada y, por tanto, que los que llegaran fuesen despedidos sin más. Cooper protestó agriamente, el caballero sintió crecer su cólera y, tras una escena tempestuosa, cogió su sombrero y su bastón y salió de la casa, justo cuando se veía al cortejo fúnebre descender por el valle en dirección a la antigua Posada del Ángel.

El viejo Cooper salió de la casa desconsoladamente y contó los carruajes desde la cancela. Terminado el funeral, y habiéndose ya marchado todos, volvió a la casa, cuya puerta había quedado abierta, y que estaba desierta como de costumbre. Pero antes de llegar a dicha puerta, se fue acercando un coche fúnebre, y dos caballeros, con capas oscuras, y con crespones negros en los sombreros, saltaron al suelo, y sin mirar a derecha ni a izquierda, subieron los peldaños que conducían al interior de la casa. Cooper les siguió lentamente, suponiendo que el carruaje habría dado la vuelta al patio, ya que cuando llegó a la casa ya no estaba a la vista.

Siguió, pues, a los dos enlutados al interior de la casa. En el vestíbulo encontró a un criado, quien dijo que había visto a dos caballeros, con capas negras, cruzar la estancia y subir por la escalinata sin quitarse los sombreros ni preguntarle nada. Lo cual era muy extraño, pensó el viejo Cooper, y además, daban muestras de una gran libertad, por lo que subió a fin de echar de la casa a los dos desconocidos.

Pero no pudo encontrarlos, ni entonces ni nunca. Y a partir de aquel momento, la casa sufrió algunas perturbaciones.

En muy poco tiempo no hubo ni un solo sirviente que no tuviese algo que contar. A veces, les seguían pasos y voces por los pasillos, o risas susurradas, siempre amenazadoras, asustándoles por los rincones de las galerías, o desde los oscuros nichos de las paredes; aunque el pánico general era siempre rechazado por la delgada señora Beckett, que consideraba tales historias cuentos de viejas. Pero la señora Beckett, poco después, empezó a considerar el asunto desde otro punto de vista.

También ella empezó a oír voces y, peor aún, las voces resonaban cuando rezaba, cosa en la que había sido muy puntual toda su vida, de modo que la interrumpían en medio de sus plegarias. En tales momentos se asustaba mucho, ya que las voces dejaban oír palabras y frases que se iban cambiando en amenazas y blasfemias.

Las voces no siempre se oían dentro de una habitación. También se oían a través de las paredes, muy gruesas en aquella casa, desde las estancias contiguas, a veces de un lado, a veces del otro; en algunas ocasiones parecían provenir de aposentos distantes, llegando amortiguados pero amenazadores, a través de los largos pasillos artesonados. Al aproximarse crecían en furia, como si varias voces sonaran juntas. Como dije, la buena mujer seguía aplicándose a sus devociones, las airadas voces con sus horribles frases continuaban resonando en su puerta y, llena de pánico, caía de rodillas, momento en que todas las voces y ruidos cesaban, menos los recios golpes de su corazón y el espantoso temblor nervioso de su cuerpo.

La señora Beckett nunca logró recordar qué decían aquellas voces un minuto después de haber cesado; una frase seguía inmediatamente a otra, como denuncias irónicas, amenazadoras e impías, cada una odiosamente articulada, perdidas apenas pronunciadas. A esto se añadía el efecto de las terribles burlas e invectivas que la buena mujer no podía, a pesar de todos sus esfuerzos, retener con exactitud, aunque su horrible tono permanecía vívido en su mente.

Durante algún tiempo, el caballero fue, al parecer, el único de la casa absolutamente ignorante de tales molestias. La señora Beckett pensó en despedirse dos veces en sólo una semana. Mujer prudente, sin embargo, que había gozado de paz y tranquilidad en la casa por espacio de más de veinte años, se lo pensó también dos veces antes de marcharse de allí. Ella y el viejo Cooper eran los únicos sirvientes que recordaban el buen gobierno de la casa en los días del caballero Toby. Los otros eran pocos, sin ser en realidad criados fijos. Meg Dobbs, que actuaba como doncella de casa, no dormía en la misma, sino que se iba a la de su padre, acompañada por su hermano menor todas las noches. La vieja señora Beckett, que era la que se cuidaba del cambio de criados en la decadente Gylingden, estaba asustada y por ello hizo que la señora Kymes y la ayudante de cocina llevaran sus respectivas camas a su propio dormitorio, y allí empezaron a compartir con el ama de llaves sus terrores nocturnos.

El viejo Cooper era testarudo y se mostraba cauteloso ante tales historias. Claro que también se sentía incómodo a causa de la llegada de aquellas dos figuras misteriosas en la casa, sobre lo cual no cabía la menor equivocación. Los había visto con sus propios ojos. Sin embargo, se negaba a dar crédito a las historias de las mujeres, y fingía pensar que los dos enlutados podían haberse marchado sigilosamente, al no hallar a nadie a quien dar el pésame.

El viejo Cooper fue llamado una noche al salón donde el caballero estaba fumando.

—Veamos, Cooper —empezó el caballero, pálido y colérico—, ¿por qué asustas a esas pobres mujeres con tus fantásticas historias? Condenado me vea, pero si tú ves fantasmas, esta casa no es buena para ti y ya es hora de que te marches. No me quedaré sin criados. Sí, ha venido la señora Beckett con la cocinera y su ayudante, tan blancas como el papel, muy descompuestas, ¡a pedirme que el párroco duerma con los criados y exorcice al diablo! Por mi alma, que eres un viejo idiota y tienes la cabeza llena de tonterías. Y Meg se marcha todas las noches a casa de su padre, temiendo dormir aquí... y todo esto es culpa tuya, por tus estúpidas historias, ¡viejo chiflado!

—Yo no tengo la culpa, señor Charles. No soy yo quien les ha contado esas historias, sino que, al contrario, siempre les digo que estas cosas no son más que vanidad y disparates. La señora Beckett se lo puede confirmar, pues precisamente ella y yo hablamos de ello muchas veces cuando empezó todo. No importa lo que yo piense —añadió el viejo Cooper significativamente y mirando de soslayo, muerto de miedo, al caballero.

Este desvió su mirada y musitó coléricamente algo para su coleto, y a continuación se aplicó a quitar la ceniza de su pipa, golpeándola contra el cenicero, y luego, girándose de pronto hacia el viejo Cooper, volvió a hablar, su rostro muy pálido, aunque no tan furioso como antes.

—Sé que no eres tonto, Cooper, cuando quieres. Supongamos, pues, que aquí hay un fantasma, tú no lo ves, y por eso no hay por qué ir a contar historias raras a esas mujeres. ¿Qué te inquieta, que tanto piensas en ello, tal como hago yo mismo? Ah, antes tenías una cabeza bien equilibrada, no la llenes con tonterías, como solía decir mi pobre padre; maldición, amigo mío, no debes permitir que esas tontas chismorreen ni hablen de lo que no deben sobre Gylingden y la familia. Estoy seguro de que a ti tampoco te gustan esos chismes. Bien, las mujeres se han ido de la cocina; por favor, haz un poco de fuego y prepara tu pipa. Cuando yo acabe esta, bajaré y ambos fumaremos una buena pipa juntos, y tomaremos un vaso de brandy con agua.

El viejo mayordomo bajó, asombrado ante tanta condescendencia en aquella casa solitaria y desordenada; sin permitir que lo que podían elegir compañía se mostraran demasiado duros con el caballero que no podía conseguirla.

Cuando todo estuvo aseado y a punto, se sentó en aquella enorme cocina, con los pies sobre el guardafuego, una vela encendida en una palmatoria de latón, colocada en la mesa a la altura del codo, con la botella de brandy y vasos a su lado, y asimismo dispuesta ya la pipa de Charles. Terminados estos preparativos, el viejo mayordomo, que recordaba otras generaciones y mejores tiempos, se sumió en hondas reflexiones y gradualmente se fue quedando dormido.

El viejo fue despertado por una risa en tono bajo, junto a su cabeza. Había soñado en los viejos tiempos de la casa señorial, y que uno de los jóvenes iba a gastarle una broma; él murmuró algo en su sueño, del que lo sacó una severa voz que decía: «No estuviste en el funeral; podría quitarte la vida, pero te quitaré una oreja». Al mismo tiempo, en un lado de la cabeza recibió un violento golpe, y se puso de pie.

El fuego se había apagado y estaba frío. La vela expiraba en su palmatoria, arrojando largas sombras en la blanca pared, que danzaban arriba y abajo, del techo al suelo, y sus negras siluetas parecieron transformarse en dos hombres con capas negras, a los que recordaba con tremendo horror.

Cogió la vela, tan de prisa como pudo y echó a correr por el pasillo, en cuyas paredes continuó la misma danza de las dos sombras, ansioso por llegar a su habitación antes de que se consumiese totalmente la vela. Se hallaba casi fuera de sí cuando sonó furiosamente la campanilla de su amo, muy cerca de su cabeza.

—Ah... me llama... seguro... —murmuró, tranquilizándose ante el sonido de su propia voz y apresurándose, ya que oía sin cesar la campanilla—. Se habrá dormido como yo, y se habrán apagado las velas. Le dejé cincuenta...

Cuando giró el picaporte de la puerta del salón, el caballero gritó furiosamente:

—¿Quién está allí? —con el tono del que espera a un ladrón.

—Soy yo, el viejo Cooper; todo va bien, señor Charlie; usted, al fin y al cabo, no bajó a la cocina.

—Me encuentro muy mal, Cooper; no sé qué me ha ocurrido. ¿Has visto a alguien? —preguntó Charles cambiando de tono.

—No.

Los dos hombres se miraron uno al otro.

—Ven aquí... ¡quédate aquí! ¡No me dejes! Registra esta habitación y dime que todo está bien; y dame tu mano, mi buen Cooper, quiero sentirla entre las mías.

El caballero estaba helado y temblaba mucho. Por otra parte, estaba a punto de amanecer.

Tras una larga pausa, el caballero volvió a hablar.

—He hecho muchas cosas que no debí hacer y no estoy listo para marcharme... Quiero enmendar varias cosas y, así Dios me bendiga, trataré de hacerlo. Estoy tan cojo como el viejo Billy... ya jamás podré procurar el bien de nadie, tendré que dejar de beber, y de pensar en casarme, como debí hacer hace muchos años... no con una de esas delicadas damitas sino con la hija más joven del granjero Crump, una chica muy buena y discreta. ¿Por qué no me casé con ella? Me habría cuidado, y no habría tenido en su cabeza un montón de romances ni de frivolidades, y yo hablaría con el párroco y me comportaría como es debido con todos... y en cambio, me arrepiento de muchas de las cosas que hecho.

Por aquel entonces había amanecido un día frío. El caballero, dijo más adelante Cooper, parecía muy enfermo cuando cogió el sombrero y el bastón y salió a dar un paseo, en vez de irse a la cama como él le había aconsejado al verle tan achacoso y ensimismado, pues estaba claro que el único objeto de su marcha era huir de la casa. Eran las doce cuando el caballero entró en la cocina, donde estaba seguro de encontrar a alguno de los sirvientes, con el aspecto de haber pasado años desde el día anterior. Aproximó un taburete al fuego, sin hablar palabra, y se sentó. Cooper había enviado en busca del doctor a Applebury, y este acababa de llegar, pero el caballero se negó a ir a verle.

—Si quiere visitarme, que venga aquí —murmuró cuando Cooper le urgió a subir.

Finalmente, el médico entró en la cocina, con semblante animado, y halló al caballero mucho peor de lo que había esperado.

El caballero se opuso a la orden de acostarse, pero el médico insistió bajo amenaza de muerte, ante la que el paciente se amedrentó.

—Bien, obedeceré, pero sólo por esta vez, y debe permitir que el viejo Cooper y Dick Keeper estén conmigo. No debo quedarme solo, y habrán de estar despiertos toda la noche; y usted, doctor, no se marche por ahora. Cuando me haya recuperado un poco me marcharé a vivir a la ciudad. Es triste la vida aquí, ahora que no puedo hacer nada de lo que solía hacer antes; allí llevaré una existencia mejor; usted ya me oyó decir esto antes de ahora, y no me importa que se rían; y hablaré con el párroco. Que rían, así los cuelguen, pues ello será señal de que estoy en lo cierto.

El médico envió a buscar un par de enfermeras del hospital de condado, prefiriendo no confiar su paciente al cuidado de los que él había elegido, y bajó a Gylingden a fin de salirles al encuentro al anochecer. Le ordenó al viejo Cooper que ocupara el vestidor, y estuviera allí sentado toda la noche, cosa que satisfizo al caballero, que se hallaba en un estado extrañamente excitado, con amenaza de fiebre.

Llegó el párroco, un hombre viejo, gentil, y «leído», y estuvo hablando y rezando con el caballero hasta bien entrada la noche. Una vez se hubo marchado, el caballero llamó a las enfermeras.

—Hay un tipo que viene a menudo; a mí nunca me ha gustado. Se presenta a la puerta y llama a la gente... Es un individuo jorobado, de luto, con guantes negros, y al que reconoceréis mejor por su cara afilada, tan oscura como el revestimiento de la pared; no hagáis caso de sus sonrisas. No salgáis con él, ni le franqueéis la entrada; él no dice nunca nada, y si se irrita y os mira con furia, no temáis porque no puede dañaros; al final se cansará y se irá; y por Dios vivo, no le pidáis que entre, ni salgáis tras él.

Las enfermeras cuchichearon entre sí cuando el caballero terminó de hablar y luego fueron a conferenciar con el viejo Cooper.

—¡Así la ley os bendiga! —exclamó el viejo mayordomo—. No, no hay ningún loco en la casa —protestó—, ni un alma, pues en realidad se trata solamente de una ligera fiebre cerebral, nada más.

El caballero empeoró durante la noche. Sufría accesos de delirio y murmuraba toda clase de cosas raras, sobre vino, perros y abogados; y después empezó a hablar, al parecer, con su hermano Scroope. Al oír esto, la señora Oliver, una de las enfermeras, que estaba sentada sola cerca del enfermo, creyó oír una mano en la manija de la puerta, por la parte exterior, haciendo un intento esforzado por girarla.

—¡Dios bendito! —gritó, subiéndole el corazón a la boca, al recordar al jorobado, de luto, que se asomaba sonriente y llamando con el gesto a las personas—. ¿Quién hay aquí? ¿Está usted ahí, señor Cooper? ¡Venga, señor Cooper, por favor, venga de prisa!

El viejo Cooper, que dormitaba junto a la chimenea, salió al momento del vestidor, y la señora Oliver se aferró a él al instante.

—El jorobado ha estado probando de abrir la puerta, señor Cooper, tan fijo como que yo estoy aquí.

El caballero continuaba mascullando palabras ininteligibles en su fiebre.

—No, no, señora Oliver, esto es imposible, porque no hay tal hombre en la casa... Eh, ¿qué dice el señor Charlie?

—Dice Scroope a cada momento, que no sé lo que significa y... ¡chist!... escuche... otra vez vuelven a forzar la manija —y tras un chillido, añadió—: ¡Mire esa cabeza y ese cuello en la puerta —y en su temblor, se abrazó fuertemente al viejo Cooper, como para asfixiarle.

La vela vacilaba y en la puerta se dibujaba una sombra que parecía la cabeza de un hombre con un cuello largo, y una nariz larga y afilada, atisbando un momento y retirándose al siguiente.

—¡No sea tonta, señora! —exclamó Cooper, muy pálido y temblando como ella—. Sólo es la vela, se lo aseguro, no es otra cosa ¿no lo ve? —levantó la vela—; estoy seguro de que no hay nadie en la puerta, y lo demostraré si me suelta usted.

La otra enfermera estaba dormida sobre un sofá, y la señora Oliver la despertó para tener compañía mientras el viejo Cooper abría la puerta. No había nadie cerca, pero en la rinconada de la galería una sombra se parecía a lo que habían visto en la habitación. Levantó un poco la vela, y le pareció que una mano larga le llamaba, en tanto la cabeza se iba retirando.

—¡Es la sombra que arroja la vela! —exclamó Cooper, resuelto a no ceder al pánico de la señora Oliver; y, vela en mano, anduvo hasta aquel rincón.

No había nada. No podía recorrer con la vista toda la galería desde aquel lugar, pero al mover la luz divisó precisamente la misma clase de sombra, un poco más baja, y al avanzar observó la misma retirada pero también la misma llamada.

—¡Vaya! —casi gritó—, no es más que la vela.

Y siguió andando, medio colérico, medio asustado, ante la persistencia con que aquella horrible sombra —una sombra literal, de esto estaba seguro— se presentaba. Al aproximarse al sitio donde la sombra se veía, pareció recogerse en sí misma y casi disolverse en el panel central de un antigua vitrina bellamente tallada, a la que ahora se iba aproximando Cooper.

En el panel central de la vitrina había una especie de protuberancia tallada como la cabeza de un lobo. La luz incidía sobre dicha cabeza, y la fugitiva sombra pareció quebrarse y volver a recomponerse. El globo ocular brilló con un punto de luz reflejada, que también resplandeció sobre la sonriente boca, y Cooper vio la larga y afilada nariz de Scroope Marston, y sus fieros ojos mirándole fijamente, pensó el viejo mayordomo, con un significado espantoso.

El viejo Cooper permaneció unos minutos contemplando tan odiosa visión, incapaz de moverse, hasta que vio que la cara y la figura que pertenecían a la sombra, empezaban a emerger gradualmente de la madera. Al mismo tiempo, oyó unas voces que se acercaban rápidamente por un lado de la galería.

—¡El señor tenga piedad de mí! —gritó Cooper, y echó a correr, perseguido por un sonido que parecía el estremecimiento de la vieja mansión causado por una fuerte ráfaga de viento.

Cooper penetró como un bólido en la habitación de su amo, medio alucinado por el miedo, y cerró la puerta y giró la llave en un santiamén, pareciendo como si le acosaran varios asesinos.

—¿Lo ha oído usted, señor? —susurró, ya junto a la puerta del vestidor. Ambos escucharon, pero ningún sonido perturbaba el silencio de la noche—. ¡Dios nos ampare! Sin duda mi cabeza está enloqueciendo —exclamó por fin Cooper.

Claro que no les diría nada a las mujeres, porque el tonto era él al prestar crédito a sus charlatanerías; pero un ruidito en la ventana, o la caída de un alfiler, ya bastaban ahora para asustarle; suspiró, se sirvió una buena ración de brandy y, musitando palabras incoherentes, se sentó en un sillón frente al fuego del señor.

El caballero se recuperó lentamente de su ataque de fiebre cerebral, aunque no por completo. Cualquier cosa, por nimia que fuese, diagnosticó el doctor, bastaría para perturbarle. No estaba aún lo suficientemente fuerte para cambiar de escenario ni de aires, cosa necesaria, no obstante, para su completa recuperación.

Cooper durmió en el vestidor, siendo ahora su único asistente. Eran extraños los modos del inválido; le gustaba, medio sentado en su cama, fumar su pipa por la noche, y obligaba a fumar al viejo Cooper, para gozar de su compañía, al abrigo del fuego. Cuando el caballero y su humilde amigo se entregaban a ese placer, y es sabido que fumar es un placer taciturno, hasta que el señor de Gylingden había fumado su tercera pipa, este no intentaba entablar una conversación, y cuando esto ocurría, el tema no era precisamente el que habría elegido Cooper.

—Oye, mi buen Cooper, mírame a la cara y no temas decir la verdad —manifestaba el caballero, mirando al mayordomo con una sonrisa astuta—. Tú has sabido todo ese tiempo, igual que lo sé yo, quién está en la casa. No tienes por qué negarlo… ¿verdad?… Scroope y mi padre.

—No hable de este modo, señor Charlie —opuso el viejo Cooper, muy serio y asustado, tras un largo silencio, mirando a su amo a la cara, que no cambió de expresión.

—¿De qué sirve avergonzarse, Cooper? Scroope te dejó sordo del oído derecho… sabes que lo hizo. Sí, está furioso. Podía haberme quitado la vida con la fiebre. Pero aún no ha acabado conmigo, y parece terriblemente malvado. Ya le viste… sé que le viste.

Cooper se hallaba horriblemente asustado, y la antigua sonrisa en labios del caballero aún le asustaba más. Soltó la pipa y contempló en silencio a su amo, pareciéndole que estaba sumido en un sueño.

—Si eso piensa, señor, no debería sonreír de esta manera —le apostrofó Cooper.

—Estoy cansado, Cooper, y no es malo sonreírse de todo, por lo que continuaré sonriendo mientras pueda. Ya sabes lo que intentan hacer conmigo. Bien, esto es todo lo que quería decirte. Ahora, amigo, sigue con tu pipa. Yo quiero dormir.

Y el caballero dio media vuelta en su lecho, tendido serenamente, la cabeza apoyada en la almohada. El viejo Cooper le miró, luego miró hacia la puerta y llenó medio vaso con brandy, lo trasegó y sintiéndose mejor, se acostó en su cama del vestidor.

El caballero le despertó en medio de la noche, estando aquel de pie, con su camisón de dormir y en zapatillas, junto a la cama.

—Te traigo un obsequio. Ayer recibí las rentas de Hazelden, y las guardé para ti. Son cincuenta...y mañana le daré el resto a Nelly Carwell; así dormiré más tranquilo; he visto a Scroope... después de todo, no es mal muchacho, mi pobre hermano. Lleva un crespón sobre la cara, ya que le dije que no podía soportar su vista; y ahora he hecho algunas cosas por él. Ah, yo no podía estar mano sobre mano. ¡Buenas noches, mi buen Cooper!

El caballero puso una de sus flacas manos sobre la espalda del mayordomo y regresó a su aposento.

«No me gusta su forma de actuar ahora. El médico no viene tan a menudo como debiera. No me gusta esa extraña sonrisa en sus labios, y su mano estaba fría como la muerte. ¡Pido a Dios que no se haya trastornado su cerebro!»

Con estas reflexiones, Cooper volvió a los temas más placenteros del día actual, y al final se quedó dormido.

Por la mañana, cuando entró en la habitación del caballero, Cooper vio que este había abandonado la cama.

«No importa, ya volverá, como un chelín falso», pensó el viejo Cooper, preparando la habitación como siempre.

Pero el caballero no volvió. Entonces, empezó a sentirse inquieto, a la que sucedió el pánico cuando empezó a quedar claro que el caballero no estaba en la casa. ¿Qué había sido de él? No faltaba ninguna de sus ropas, aparte del camisón y las zapatillas. Había salido en su condición enfermiza... y vestido de aquella facha... En cuyo caso ¿gozaba de sus sentidos, y no existía el temor de que no sobreviviese a una noche tan fría y húmeda, paseando a pleno aire?

Tom Edwards estuvo en la casa y les contó que, mientras caminaba por espacio de una milla aproximadamente a las cuatro de la madrugada, era una noche sin luna, junto con el granjero Nokes, que conducía su carro al mercado, en medio de la oscuridad había visto andando a tres hombres, a menos de veinte metros por delante del caballo que tiraba del carro, desde cerca de Gylingden Lodge hasta el camposanto, cuya cancela habían abierto desde dentro; los tres hombres entraron y la cancela se cerró. Tom Edwards pensó que se disponían a preparar un funeral para algún miembro de la familia Marston. Pero a Cooper, esa idea le pareció horrible, sumisa, pues sabía que no existía tal funeral.

Inició una búsqueda cuidadosa, y al final llegó al piso superior, a la cámara del Rey Herodes. No halló nada cambiado allí, pero la alcoba estaba cerrada y, oscura como era la mañana, su mirada recayó en algo semejante a un bulto blanco que sobresalía por la puerta.

La puerta resistió algún tiempo sus esfuerzos por abrirla, pues alguna cosa pesada estaba tirada en el suelo contra la parte baja de aquella; al fin, sin embargo, cedió un poco, y un estruendo sacudió todo el piso y resonó por los silenciosos corredores, con un sonido como una sorda carcajada, dejándole medio atontado.

Cuando por fin abrió la puerta, su amo yacía muerto en el suelo. La corbata estaba apretada alrededor de su cuello, con un nudo muy bien hecho. El cuerpo estaba frío, como si llevara bastante tiempo muerto.

A su debido tiempo, el forense celebró la encuesta, y el jurado llegó a la conclusión de que «el difunto Charles Marston, murió por su propia mano en un estado de locura temporal». Pero el viejo Cooper tenía su propia opinión acerca de la muerte del caballero, aunque mantuvo los labios sellados y jamás se refirió al asunto. Se marchó de Gylingden Hall y se instaló el resto de sus días en York, donde todavía hay gente que le recuerda, un hombre anciano y taciturno, que asistía a la iglesia con regularidad, que también bebía un poco, y del que se sabía que había ahorrado algún dinero.

# EL MALVADO CAPITÁN WALSHAWE, DE WAULING

## CAPÍTULO I
### PEG O'NEILL PAGA LAS DEUDAS DEL CAPITÁN

A mi tío, el señor Watson, de Haddlestone, le ocurrió una cosa muy extraña, y para que vosotros podáis entenderla debo empezar por el principio.

En el año 1822, el señor James Walshawe, ordinariamente conocido como capitán Walshawe, murió a la edad de ochenta y un años. El capitán en sus tiempos mozos, y mientras se lo permitió la salud, fue un hombre muy activo, bastante intrigante, que pasaba los días y las noches sembrando sus avenas silvestres, de las que parecía poseer unas existencias inagotables. El cultivo se hallaba salpicado de espinos, ortigas y cardos, que pinchaban al capitán sin enriquecerle.

El capitán Walshawe era muy conocido entre el vecindario de Wauling y generalmente eludido por todos. Le llamaban «capitán» por cortesía ya que jamás había alcanzado este rango en el ejército. Había abandonado el servicio en 1766, a los veinticinco años de edad; pues inmediatamente antes de este período sus deudas le habían creado tantos problemas que quiso librarse de los mismos huyendo y casándose con una heredera.

Aunque no tan rica como había imaginado, la mujer demostró ser una inversión confortable por lo que le quedaba de sus afectos maltrechos, de manera que el capitán vivió y disfrutó mucho a su antiguo estilo, con sus ingresos, si bien siempre estuvo metido en líos y escándalos, con numerosas deudas y apuros monetarios.

Cuando se casó, el capitán vivía en Irlanda, en Clonmel, donde había un convento de monjas en la que residía como pensionista la señorita O'Neill, o como la llamaban en el país, Peg O'Neill, la heredera de que he hablado. La situación de la joven fue el único ingrediente de romance en el asunto, pues la joven dama era decididamente fea, aunque de buen carácter, con esa clase de rasgos que suelen calificarse de patata; su figura era excesivamente regordeta y bajita. Pero era muy impresionable y el guapo y joven teniente inglés fue demasiado para sus inclinaciones monacales y se fugó con él.

En Inglaterra existen tradiciones sobre cazadores de fortuna irlandeses, y en Irlanda de cazadores de fortuna ingleses. Lo cierto es que eran la clase vaga y perezosa de cada país la que principalmente visitaba a la otra en los viejos tiempos; y un vagabundo guapo, tanto en su patria como fuera de ella, supongo, trataba de vender su hermosura, labrando así su fortuna.

Bien, el capitán se llevó a la joven del santuario y por muy buenas razones, es de suponer, se marcharon a vivir a Wauling, en Lancashire.

Allí el galante capitán se divirtió según su estilo, a veces largándose, por negocios, a Londres. Creo que pocas esposas han llorado más en un tiempo dado que la pobre, regordeta, cara de patata, heredera, que había saltado la tapia del convento para caer en brazos del guapo capitán por amor.

Él gastó la fortuna de su mujer, la aterrorizó con juramentos y amenazas, y le destrozó el corazón.

Más adelante, la desdichada se encerró casi por completo en su habitación. Tenía consigo una vieja, más bien gruñona, sirvienta irlandesa, que atendía a sus necesidades. Esta criada era de elevada estatura, delgada y muy religiosa, y el capitán supo instintivamente que le odiaba a cambio, por lo que a menudo la amenazaba con echarla de su hogar, y a veces incluso de arrojarla de una patada por la ventana. Los días en que el mal tiempo le impedía al capitán salir de la casa y hasta del establo, y al final se hartaba de fumar, empezaba a blasfemar y a maldecir a la criada, acusándola de vieja chismosa y hasta de estafadora, de no estar jamás tranquila y revolucionar siempre aquel hogar con sus malditas historias, y demás.

Pero pasaron los años y la vieja Molly Doyle continuó en su posición original. Quizá pensaba el capitán que allí debía de haber alguien, y que por su parte, él no iba a cambiar para mejor.

## Capítulo II
### El cirio bendecido

El capitán toleró otra intrusión, juzgándose un dechado de paciencia y buen carácter por obrar de este modo. Un clérigo de la iglesia católica romana, con sotana negra, cuello corto y erguido y alzacuello de muselina blanca en torno a dicho cuello, alto, flaco, con una barbilla azulada y ojos negros de mirada fija, acostumbraba a subir y bajar por la escalera, y recorrer los pasillos, y a veces el capitán le encontraba en un lugar, a veces en otro. Pero un incidental capricho de esta clase de temperamentos, el capitán trataba al clérigo de forma excepcional, incluso con cierta cortesía, aunque gruñía a sus espaldas después de tales visitas.

No sé si el capitán se hallaba animado de una moral muy valerosa, ni si el eclesiástico parecía severo y se tenía a sí mismo en muy alta estima; pero el capitán pensaba a veces que el clérigo no tenía de él muy buena opinión, por lo que si se presentaba la ocasión podían ambos llegar a insultarse gravemente, con ofensas difíciles de responder.

Cuando por fin llegó el momento, cuando la pobre Peg O'Neill —en mala hora la señora de James Walshawe— se echó a llorar, a gemir y rezar al fin. Vinieron médicos de Penlynden, mostrándose tan vagos como de costumbre, pero más apenados, y durante una semana fueron y vinieron muy a menudo. El clérigo con su sotana negra acudía a diario. Y al fin llegó el sacramento que precede a la muerte, cuando el pecador está dando unos pasos que ya nunca podrá borrar; cuando la cara abandona para siempre esta vida y se ve una forma que retrocede y se oye una voz ya irrevocable en la tierra de los espíritus.

Y la pobre mujer falleció; y algunas gentes dijeron que el capitán «lo había sentido mucho». Cosa que no creo hiciese. Pero a la sazón no se encontraba muy bien y representó el papel de plañidero y penitente para admiración general... estando en realidad indispuesto y doliente. Bebió grandes cantidades de aguardiente y agua aquella noche y llamó al granjero Dobbs para gozar de alguna compañía y tener a alguien que le acompañara en la bebida; y le contó todos sus males, y cuán feliz era y cuán feliz habría sido la «pobre dama que yacía arriba», a no ser por los mentirosos, los chismosos y los cuentistas, y otros por el estilo, que se habían interpuesto entre ellos —refiriéndose a Molly Doyle—, a la que, excitado por el licor, acabó por maldecir y denostar por el nombre, con más libertad de lenguaje de lo acostumbrado. Luego, describió su propio carácter y su amabilidad en unos términos tan conmovedores, que derramó lágrimas de gran sensibilidad durante este tema; y cuando Dobbs se fue, el capitán continuó bebiendo más grog, y empezó a maldecirse y a denostarse a sí mismo, y al fin remontó la escalera tambaleándose, para ver qué hacían la «maldita Doyle y las demás brujas en la habitación de la pobre Peg».

Cuando empujó la puerta vio a media docena de viejas, principalmente irlandesas, de la vecina población de Hackleton, sentadas ante sendas tazas de té con pastas, etc., con los cirios encendidos en torno al cadáver, que habían vestido con una túnica de sarga marrón. La mujer había pertenecido, en secreto, a alguna orden... creo que a las Carmelitas, aunque no estoy seguro, y lucía el hábito en el ataúd.

—¿Qué... que estáis haciendo con mi esposa? —gritó el capitán, con voz gruesa—. ¿Cómo te has atrevido a vestirla con tanto oropel, tú... tú... vieja bruja... —le increpó a Moll Doyle— ¿y para qué es este cirio que tiene en la mano?

Creo que estaba un poco asustado, porque el espectáculo resultaba un poco pavoroso. La muerta estaba vestida con aquella túnica marrón, y en sus rígidos dedos, como en un zócalo, con gruesos aros de madera rodeándolos, ardía un cirio, que arrojaba su blanquecina luz sobre las agudas facciones del cadáver. Moll Doyle no podía consentir ser insultada por el capitán, al que odiaba y el que, según su frase, «ya tendría su merecido». Y la cólera del capitán fue creciendo de tono y de un manotazo quitó el cirio de la mano de la muerta, y estuvo a punto arrojarlo a la cabeza de la vieja sirvienta.

—¡Es un cirio sagrado, pecador! —proclamó ella.

—¡Pues haré que te lo comas, animal! —gritó en respuesta el capitán.

Sin embargo, creo que no pensaba hacer lo que decía, pues empezó calmarse un poco, se metió el cirio en el bolsillo (por aquel entonces ya estaba apagado) y exclamó:

—Sabes bien, maldita diablesa, que no tienes que usar tus... tus tretas de brujería con mi pobre esposa, sin mi permiso... de manera que ya le estás quitando esa... esa porquería marrón y vestirla decentemente, mientras yo arrojo este cirio al fregadero.

Y el capitán salió a grandes zancadas de la habitación.

—Y ahora —se lamentó la criada— la desgraciada alma está en prisión, necio, por tu culpa... ¡y ojalá te veas chamuscado por el mismo pabilo de ese cirio, hasta que ardas por completo, salvaje!

—¡Y yo haré que te cuelguen como bruja, por dos peniques! —respondió el capitán desde la escalera, con la mano en el pasamanos, de pie en el vestíbulo.

Pero la puerta de la habitación de la difunta golpeó coléricamente y el capitán se dirigió al salón, done estuvo un rato examinando el cirio con ebria gravedad y luego, con cierto sentimiento reverente por lo simbólico, cosa frecuente en gente juerguista y jaranera, lo encerró en un cofre donde se acumulaban toda clase de objetos antiguos y viejos: paquetes de cartas manchados, pipas en desuso, frascos para polvos medio rotos, su espada militar, y un polvoriento paquete de Flash Songster y otros ejemplos de literatura barata.

No volvió a la habitación de la muerta. Siendo un hombre muy voluble, es probable que unos planes y ocupaciones más alegres empezaran a entretener su fantasía.

## Capítulo III
## Mi tío Watson visita Wauling

La pobre dama fue enterrada decentemente y el capitán Walshawe reinó durante muchos años en Wauling. Era demasiado astuto y demasiado experimentado por entonces para bajar violentamente por la empinada montaña que conduce a la ruina. Lo cierto es que había un método en su locura, y después de haber sido un viudo durante más de cuarenta años, también falleció al fin con muy pocas guineas en el bolsillo.

Cuarenta años para arriba son una gran *edax rerum*, y un maravilloso elemento químico. Elemento que actuó forzosamente sobre el alegre capitán Walshawe. Enfermó de gota y no supo templar sus gustos como tampoco sus aficiones, y sus elegantes manos se abultaron en todas sus articulaciones, convirtiéndose lentamente en unas garras lisiadas. Engordó por no hacer ejercicio y finalmente su cuerpo resultó realmente obeso. Sufría de lo que la señora Holloway calificaba de «piernas malas» y tuvo que ser acarreado en una silla de ruedas, con respaldo de piel, y sus achaques se fueron acumulando con el paso de los años.

Lamento tener que decirlo, pero jamás oí que se arrepintiera, ni que pensara seriamente en su futuro. Al contrario, su lenguaje se hizo más grosero y sus diversiones fueron casi exclusivamente sus pecados favoritos, y su carácter se tornó más truculento. Pero no se hundió en la chochez. Considerando sus dolencias corporales, sus energías y sus malignidades, que eran muchas y muy activas, estaba maravillosamente muy poco alicaído en su vejez. Y así continuó hasta el final. Cuando se excitaba, juraba y maldecía de tal forma que la gente decente se echaba a temblar. Soltaba una palabrota y un golpe, aunque lo último ya no era muy seguro ni muy fuerte. Pero agarraba su muleta y la blandía contra el ofensor, o le tiraba un frasco de medicina, o un vaso, a la cabeza.

Una de las peculiaridades del capitán Walshawe en aquel tiempo era que odiaba a casi todo el mundo. Mi tío, el señor Watson, de

Haddlestone, era primo del capitán y su heredero legal. Por otra parte, mi tío le había prestado dinero en garantía de su hacienda, y había habido un contrato que sellar, con unas cláusulas y un precio estampados, y unos «artículos» que los abogados dijeron que aún eran válidos.

Pienso que el maltrecho capitán le tenía ojeriza a mi tío por ser más rico que él, y que le habría gustado jugarle una mala pasada. Pero mi tío no se metió con su primo, al menos mientras este vivió.

Mi tío Watson era metodista y lo que llaman un «buen líder», o sea en conjunto, un buen hombre. Se hallaba cerca de los cincuenta años, de grave aspecto como convenía a su profesión, casi un poco enteco, y algo severo tal vez, pero era un hombre justo.

Llegó a sus manos, en Haddlestone, una carta del doctor de Penlynden, anunciándole la muerte del malvado y viejo capitán, y sugiriéndole que asistiese al funeral, a fin de poder «mirar por sus cosas» en el mismo Wauling. Lo razonable de este consejo le gustó a mi tío, el cual viajó hasta la antigua mansión de Lancashire rápidamente, llegando a tiempo para el funeral.

Mi tío, cuyo parentesco con el capitán derivaban de su madre, recordaba a este en su esbelta y hermosa juventud, con pantalones cortos, un sombrerito de tres picos y multitud de encajes, y se asombró al ver el enorme ataúd que contenía aquellos restos mortales, pero como ya habían atornillado la tapa, no pudo ver el rostro del obeso y viejo pecador.

## Capítulo IV
### En el salón

Lo que voy a relatar lo supe de labios de mi tío, que era un hombre amigo de la verdad y no dado a fantasías.

Aquel día fue cambiándose en lluvioso y tempestuoso, y mi tío invitó al doctor y al abogado a pasar la noche en Wauling.

No había testamento, y el abogado estaba seguro de esto porque las enemistades del capitán cambiaban constantemente y nunca había podido decidirse por el sentido que debía orientar su malignidad, orientación que continuamente modificaba. En efecto, había impartido instrucciones para redactar un testamento más de una docena de veces, pero el proceso siempre lo había parado el mismo testador.

Tras un registro a fondo, no se había encontrado ni rastro de testamento. Los demás documentos estaban en regla, con una importante excepción: no había ningún contrato de arrendamiento. Se daban circunstancias especiales en relación con varios de los principales arrendatarios de la propiedad —no interesan aquí los detalles— que hacían que la pérdida de tales documentos resultase ciertamente grave y hasta cierto punto peligrosa.

Mi tío, por consiguiente, lo registró todo hasta el agotamiento. El abogado estaba a su lado, y el doctor ayudaba con una sugerencia de vez en cuando. El viejo criado era, por su parte, al parecer, un hombre honrado que nada sabía.

Mi tío Watson se mostraba realmente trastornado. Le había parecido, aunque ello podía ser solamente una ilusión, haber detectado una mirada extraña en los ojos del abogado y desde aquel instante pensó que aquel leguleyo estaba bien enterado de todo lo referente a tales contratos. Mi tío Watson reunió aquella noche en el salón al doctor, al abogado y al criado sordo. Ananías y Sapphira estaban al fondo y pronto salió a la luz la posibilidad de fraude y robo, o de haberse manipulado algunos de los asuntos relativos a la finca... tras lo cual se procedió a una plegaria, larga y cansina, en la que se pidió con todo fervor y aplomo que el endurecido corazón del contraventor que había sustraído los contratos de arrendamiento pudiera ablandarse o quebrantarse de tal modo que procediera a su restitución, o que, si continuaba en su contumacia, fuese voluntad del Cielo llevarle a la justicia y sacar los documentos a la luz. Lo cierto era que aquella plegaria iba dirigida expresamente al abogado.

Terminados estos ejercicios de tono religioso, los visitantes se retiraron a sus respectivos dormitorios y mi tío Watson se dedicó a escribir dos o tres cartas apremiantes junto al fuego. Cuando terminó esta tarea ya era tarde, las velas vacilaban en su candelero y todo el mundo estaba en cama, supongo que dormidos, menos él.

El fuego se había ido consumiendo, por lo que mi tío sentía frío y las llamas de las velas arrojaban luz y sombra alternativamente en torno a la estancia de paredes bien revestidas y a los viejos muebles. Fuera resonaban los truenos y la lluvia se abatía furiosamente sobre la tierra, y el golpeteo de las distantes ventanas de los pasillos y de la escalera daba la impresión de que toda la casa estuviera llena de vida.

Mi tío Watson pertenecía a una secta que en modo alguno rechazaba lo sobrenatural, y cuyo fundador, al contrario, había sancionado enfáticamente la existencia de los fantasmas. Por tanto, le encantó recordar que durante la búsqueda de aquel día, había visto una vela de casi seis pulgadas de cera en la alacena del salón, pues no deseaba quedarse a oscuras en la presente situación. No tenía tiempo que perder y, cogiendo el manojo de llaves, que ahora le pertenecían, no tardó en cerrar la puerta, y encajar la vela en el alvéolo del candelero del cual había previamente sacado la vela que ya expiraba, lo que constituía un tesoro en aquellas circunstancias, encendiéndola acto seguido; después tendió la vista por la habitación a la luz fija que le tranquilizaba. En el mismo instante, una tremenda ráfaga de viento tormentoso envió un puñado de gravilla contra las ventanas del salón, con un ruido que sobresaltó a mi tío en medio de la tronada y del estruendo, y la llama de la vela vaciló al impulso del viento.

## Capítulo V
### El dormitorio rojo

Mi tío se dirigió a la cama protegiendo la vela con la mano, porque las ventanas del pasillo retemblaban furiosamente y a él no le gustaba en absoluto la idea de quedarse a oscuras.

El dormitorio era muy cómodo, aunque anticuado. Cerró y aseguró la puerta. Había un espejo muy grande enfrente de la cama monumental, colocado sobre la mesa-tocador, entre las ventanas. Intentó cerrar bien las cortinas de la cama, pero no corrían del todo, y como muchos caballeros en esta situación, no tenía ningún alfiler a mano ni había ninguno en el alfiletero que estaba sobre el tocador, bajo el espejo.

Volvió el espejo del otro lado, de modo que presentaba el dorso a la cama, corrió como pudo las cortinas, colocando una silla contra ellas para impedir que volvieran a descorrerse. Había un buen fuego y un depósito de carbón y leña dentro del guardafuegos. Mi tío apiló los carbones para asegurarse unas magníficas llamas toda la noche, y tras colocar una mesita de caoba negra con patas en figura de sátiro, al lado del lecho, y el candelero encima, se metió entre las sábanas y apoyó la cabeza cubierta con el gorro de dormir rojo en la almohada, disponiéndose a dormir.

Lo primero que le molestó fue un ruido a los pies de la cama, muy claro en una pausa de la tormenta. No era más que el frufrú de los cortinajes que se habían vuelto a separar; y cuando mi tío abrió los ojos vio que habían recuperado se posición perpendicular, por lo cual se sentó en la cama casi esperando ver algo extraño por aquella abertura.

Sin embargo, no vio más que el tocador y otro mueble negro, y las cortinas de la ventana que ondulaban bajo la violencia de la tempestad. No le molestó volver a levantarse —el fuego seguía brillando con ardor— para asegurar las cortinas colocando de nuevo la silla en la posición de antes, en previsión de una reincidencia de lo sucedido con las cortinas, que era lo que le había despertado en medio de su primer sueño.

Volvió a dormir un rato, aunque perturbado por un ruidito que pensó que surgía de la mesita en la que estaba el candelero. No supo a qué se debía aquel ruidito, pero sí que le había despertado sobresaltado, y mientras estaba tendido algo asustado, oyó claramente otro ruido que le asustó realmente, a pesar de que no había necesariamente nada de sobrenatural en el mismo. Lo describió más tarde como semejante a lo que ocurriría imaginando una mesita de madera muy delgada, con un alabeo en la superficie que la hiciera convexa, y que de repente, mediante un resorte, recobrara su convexidad natural. Fue un porrazo súbito, que hizo dar un salto al candelero, pero que, no obstante, cuando terminó impidió que mi tío reanudara el sueño al menos por espacio de diez minutos.

La vez siguiente que se despertó lo hizo en esa extraña forma serena que a menudo ocurre. Abrimos los ojos plácidamente sin saber por qué, y en un instante estamos completamente despabilados. Aquella vez el sueño de mi tío había ido de mayor duración, porque la llama de la vela vacilaba, in articulo, en su cavidad plateada. Pero el fuego seguía brillando, por lo que mi tío puso el apagavelas junto a la chisporroteante vela, y casi al mismo tiempo hubo un golpeteo en la puerta, como una especie de «chi-iii-st» subiendo de tono. Una vez más mi tío se sentó en la cama, asustado, trastornado. Recordó, no obstante, que había atrancado la puerta, y es tan grande el inveterado materialismo que nos alienta en medio de nuestro espiritualismo, que aquello le tranquilizó, y tras lanzar un hondo suspiro, comenzó a sosegarse. Pero tras un descanso de un par de minutos de reposo, oyó otro porrazo más sonoro en la puerta, por lo que instintivamente preguntó «¿quién es?». No hubo respuesta. Poco a poco fue menguando el efecto nervioso del sobresalto y supongo que mi tío recordó hasta qué punto, especialmente en noches de tormenta, esos porrazos y esos crujidos que simulan los ruidos que pueden hacer los fantasmas, son natural y perfectamente audibles.

## CAPÍTULO VI
### EL APAGAVELAS SE LEVANTA

Poco después mi tío se hallaba en cama con la espalda vuelta hacia la puerta de la habitación, y la cara hacia la mesita que sostenía el macizo candelero, con su apagavelas, y en esta postura cerró los ojos, pero el sueño no acudió. Toda clase de extrañas fantasías perturbaban a mi tío... algunas de las cuales aún recuerdo.

Mi tío afirmó que había sentido la yema de un dedo que presionaba claramente la punta de su dedo gordo del pie, como si una mano activa estuviera entre las sábanas, esbozando una señal de atención o silencio. Luego, sintió algo tan grande como una rata que de pronto saltaba en medio del cabezal, justo debajo de su cabeza. De repente, una voz gritó «¡Oh!» suavemente, cerca de la nuca de mi tío. Aseguró que todo esto había sucedido efectivamente, si bien una investigación posterior no condujo a nada. Experimentó raros calambres por todo su cuerpo, y después, de repente, el dedo cordial de su mano derecha fue doblado hacia atrás, con una sacudida que le amedrentó más que todo lo demás.

Mientras tanto, la tormenta seguía atronando, aullando y restallando roncamente entre las ramas de los viejos árboles y el cañón de tiro de la chimenea, y mi tío Watson, aunque rezó y meditó según era su costumbre cuando estaba despierto en cama, sentía el corazón palpitando con gran excitación, y hasta pensó algunas veces que estaba siendo acosado por los malos espíritus, y otras veces que era presa de fiebre alta.

Resolvió mantener los ojos cerrados y, lo mismo que los compañeros de naufragio de san Pablo, deseó que su vida llegara a su término. Al fin un sopor pareció haberse apoderado de sus sentidos, porque se despertó queda y totalmente sereno como antes... abriendo los ojos al momento y viéndolo todo como si no hubiera dormido más que un instante.

El fuego continuaba calentando —sin que hubiera nada inseguro en su resplandor—, el macizo candelero con el apagavelas encima se hallaba en el centro de la mesita de caoba igual que antes; y mirando casualmente a su extremo superior, percibió algo que le hizo dudar de la evidencia de sus ojos.

En efecto, vio que el apagavelas era levantado por una mano diminuta y que un rostro humano, no mayor que la uña del pulgar, con facciones proporcionadas, le atisbaba por debajo del apagavelas. En aquella cara de liliputiense se retrataba una consternación tan espantosa que dejó a mi tío sin habla. De la figura surgió un pie diminuto, después otro, y a continuación un par de piernas muy pequeñas, enfundadas en medias de seda, y unos zapatitos con sendas hebillas, hasta que al fin surgió el resto de la figura; y, con los brazos sosteniendo el candelero, en tanto las diminutas piernas bien extendidas colgaban junto al sostén del candelero hasta que los pies llegaron a su base, y luego hasta las patas en forma de sátiro de la mesita, para finalmente llegar al suelo, alargándose elásticamente y ensanchándose de manera extraña en todas sus proporciones y cuando se posaron los pies en tierra, vio mi tío que dichos pies, así como las hebillas de los zapatos, resultaban pertenecer a un hombre muy bien formado; y la figura empezó a alargarse hacia arriba reduciendo sus dimensiones originales en lo alto, como un objeto visto en un espejo cóncavo.

De pie en el suelo, el hombre se amplió, aunque mi asombrado tío no supo de qué manera, hasta alcanzar sus debidas proporciones, permaneciendo casi de perfil junto a la cama, habiéndose transformado en un joven guapo y elegante, con uniforme militar, un tricornio con una sola cinta y una pluma en la cabeza, pero con la expresión del hombre que va a ser ahorcado... una expresión de intensa desesperación.

Se encaminó ligeramente al hogar y por unos segundos se volvió de espaldas a la cama y a la repisa de la chimenea, y mi tío divisó el puño del estoque reluciente al resplandor del fuego; luego, caminando por la estancia, se colocó junto al tocador, visible por la abertura de las cortinas de los pies de la cama. El fuego resplandecía tanto que mi tío percibió claramente al joven como si en el cuarto ardieran media docena de velas.

## Capítulo VII
### Culminación de la visita

El espejo era muy grande y muy antiguo y tenía un cajón debajo. Mi tío lo había registrado cuidadosamente de día por si contenía documentos; pero la silenciosa figura lo abrió, presionó un resorte lateral y dejó al descubierto un falso receptáculo del que extrajo un mazo de papeles atados con una cinta rosa.

Todo aquel tiempo mi tío había contemplado a la figura con ojos horrorizados, sin atreverse siquiera a parpadear ni a respirar, aunque la aparición no había parecido saber que un ser vivo estaba en la habitación. Pero de pronto, por primera vez, fijó su lívida mirada en mi tío, con una odiosa sonrisa llena de significación, levantando el mazo de papeles entre su delgado índice y el pulgar. Después le guiñó un ojo a mi tío y pareció perforarse una mejilla al tiempo que hacía un extraño mohín que, a no ser por aquellas horribles circunstancias, habría resultado cómico. Mi tío no logró descubrir si se trataba de una distorsión intencionada del rostro o sólo de una de aquellas ondulaciones y desviaciones que constantemente perturbaban las proporciones de la figura, como visto a través de un irregular y pervertido medio ambiental.

La figura se aproximó a la cama, pareciendo más cansada y maligna al andar. El terror de mi tío casi llegó a la culminación en aquel instante, al creer que la figura se le acercaba con algún propósito siniestro. Mas no era así, porque el soldado, que parecía haber envejecido en unos veinte años durante su breve trayecto al tocador y vuelta a la cama, arrojó el mazo de papeles que llevaba al lado más alejado del fuego y posó sus pies sobre el guardafuegos. Sus pies y sus piernas estaban hinchados y vendados, habiendo aumentado enormemente de tamaño, en tanto la parte superior de la figura oscilaba y adoptaba las correspondientes proporciones, una gran masa corpulenta, con un rostro cadavérico y maligno, con las arrugas de una gran ancianidad, ojos vidriosos y faltos de color; y con esos cambios que se operaron indefinidamente pero con la rapidez de una nube en el crepúsculo, las ropas de uniforme se desvanecieron y en su lugar aparecieron unas prendas grises y flojas, todas rotas y sucias, mientras enjambres de gusanos parecían entrar y salir de las mismas, y la figura palidecía más cada vez, hasta que mi tío, al que gustaba la pipa y empleaba los símiles con naturalidad, dijo que toda la figura adoptó el color de la ceniza de tabaco, y que los enjambres de gusanos se transformaron en montones de chispas serpenteantes, como las que a veces vemos corriendo sobre los residuos de un papel de fumar quemado.

A mi tío le pareció que de repente el fuego se apagaba y que el aire se tornaba muy frío, y de pronto oyó el rugido de la tempestad, que estremeció toda la casa de arriba abajo, semejante al aullido victorioso de una multitud sedienta de sangre al obtener una nueva y largamente anhelada víctima.

Mi buen tío Watson solía decir:

—Me he visto en muchas situaciones de temor y de peligro durante mi vida, pero nunca recé con tal agonía, ni antes ni después; porque entonces, como ahora, veo claro, sin reparo alguno, que en realidad estuve en presencia del fantasma de un espíritu del mal.

## Conclusión

Hay dos circunstancias muy curiosas en este relato de mi tío que era, como aseguré al principio, hombre muy apegado a la verdad.

Primera: la vela que cogió de la alacena del salón y que ardió al lado de la cama aquella horrible noche, según el posterior testimonio del criado sordo, quien llevaba cincuenta años en Wauling, era incuestionablemente igual al cirio bendecido que había estado entre los dedos del cadáver de la desdichada dama y respecto al cual la vieja criada irlandesa, muerta ya mucho tiempo atrás, había lanzado la extraña maldición que mencioné contra el capitán.

Segunda: detrás del cajón que había debajo del espejo, mi tío descubrió un segundo cajoncito secreto en el que se hallaban ocultos unos documentos idénticos a los que él sospechaba que el abogado había hecho desaparecer. Tales fueron las circunstancias que, una vez reveladas, convencieron a mi tío de que el viejo los había guardado antes de proceder a quemarlos, cosa que seguramente había estado dispuesto a ejecutar.

Bien, un ingrediente muy notable en este relato de mi tío Watson es este: que por lo que mi padre, que nunca había visto al capitán Walshawe en toda su vida, pudo averiguar, el fantasma había exhibido una horrible y grotesca, pero inequívoca, semejanza con aquel difunto juerguista en las diversas etapas de su larga existencia.

Wauling fue vendido el año 1837 y la vieja casa fue derribada poco después, edificándose otra nueva más cerca del río. A menudo me pregunto si se rumoreaba que había estado embrujada y, en tal caso, qué historias circulaban al respecto. Había sido una casa amplia y cómoda, y casi hermosa, por lo que su demolición fue ciertamente sospechosa.

## HISTORIAS DE FANTASMAS DE CHAPELIZOD

Tomad por buena mi palabra: no hay tal cosa como un poblado antiguo, especialmente si ha visto días mejores, que no posea sus leyendas de terror. Apenas es posible encontrar un queso medio podrido sin gusanos o una casa vieja sin ratas, de manera que tampoco se puede vivir en una antigua y decadente ciudad que no posea una auténtica población de duendes. Aunque esta clase de habitantes no pueden denunciarse a la autoridad policial, como sus acciones suelen afectar al bienestar de los súbditos de Su Majestad, considero una grave omisión que no se comunique públicamente una estadística sobre su número, sus actividades, etc., etc. Y estoy convencido de que una Comisión investigadora sobre la fuerza numérica, las costumbres, los embrujamientos, etc., etc., de esos agentes sobrenaturales que residen en Irlanda, sería mucho más inocente y entretenida que la mitad de Comisiones por las que el país paga sus impuestos, y al menos igual de instructiva. Digo esto, más por un sentido del deber y para liberar a mi mente de una grave verdad, que con la esperanza de ver adoptada esta sugerencia. Pero, estoy seguro de ello, mis lectores deplorarán conmigo que los poderes conjuntos de credulidad, y aparentemente ilimitados tiempos libres, que poseen las comisiones parlamentarias de investigación, nunca se hayan aplicado al tema que acabo de nombrar, y que en cambio esa clase de informaciones deba correr a cargo de personas que, lo mismo que yo, tienen otras ocupaciones a las que atender, dicho sea de paso.

Entre los suburbios de Dublín, Chapelizod ostentaba un buen puesto, cuando no el primero. Sin mencionar su relación con la historia del gran preceptor Kilmainham de los Caballeros de San Juan, bastará con recordarle al lector su antiguo y famoso Castillo, del cual no queda ni un solo vestigio en pie, pero sí el hecho de que por espacio de varios siglos fue la residencia veraniega de los virreyes de Irlanda. La circunstancia de ser construido, creemos, en el período en que aquella asociación fue desbandada, el cuartel general de la Real Artillería Irlandesa, dio también la consecuencia de una clase más humilde pero no menos sustancial. Con estas ventajas a su favor, no es de extrañar que la población poseyera en aquella época un aire de sustanciosa y semi-aristocrática prosperidad desconocida en los actuales pueblos irlandeses.

Una calle mayor, con unas aceras bien pavimentadas, y casas tan estupendas como las que se alzaban en aquellos tiempos en las calles del mismo Dublín; un cuartel con una fachada de piedra, una iglesia antigua con una cripta debajo y un campanario cubierto de hiedra desde su base a la cúspide; una humilde capilla católica, un puente elevado sobre el río Liffey y un gran y viejo molino cerca del final de dicho puente, eran los principales rasgos de la población. Los cuales, o al menos parte de ellos, todavía siguen en pie, aunque en su mayor parte muy cambiados y en condiciones muy acusadas de deterioro. Algunos de estos restos han sido ya superados, aunque no borrados, por las modernas construcciones, como el puente, la capilla y la iglesia en parte; el resto ha quedado abandonado por el mismo orden en que fue edificado y entregado a la miseria y, en algunos casos, a la más absoluta ruina.

El poblado se levanta en el rico y bien arbolado valle del Liffey, y queda dominado por los altos terrenos del bello parque de Phoenix a un lado, y por los farallones de las colinas Palmerstown al otro. Su situación, por tanto, es eminentemente pintoresca y las fachadas de sus factorías y sus chimeneas tienen, según creo, incluso en su desmoronamiento, una especie de pintoresquismo melancólico muy propio. Sea como sea, me propongo relataros dos o tres historias de la clase que, para que produzcan el efecto debido, deberían escucharse al amor de un buen fuego una noche de invierno; todas esas historias están relacionadas con la deteriorada población nombrada. La primera se refiere a:

## EL MATÓN DEL PUEBLO

Hace unos treinta años, vivía en esa población de Chapelizod un individuo de mala catadura y fuerza hercúlea conocido en toda la región con el apodo de Matón Larkin. Aparte de su notable superioridad física, ese tipo había adquirido un buen grado de destreza pugilística que por sí solo ya le daba fama de formidable. En efecto, era el autócrata del pueblo, y no ostentaba el cetro en vano. Consciente de su superioridad y totalmente seguro de su impunidad, hacía gala ante sus paisanos, tildados por él de poseer un espíritu cobarde, de una brutal insolencia, cosa que hacía que fuese por todos más odiado que temido.

En más de una ocasión se había peleado con otros hombres solamente para demostrar su salvaje habilidad, y en cada encuentro su débil antagonista había recibido un buen «castigo», lo cual instruía y apabullaba a los espectadores, y hasta algunas veces había dejado cicatrices y lesiones duraderas en sus oponentes.

Por eso jamás se habían puesto realmente a prueba las agallas del Matón Larkin. Puesto que a causa de su superioridad prodigiosa en peso, fuerza y destreza, sus victorias habían sido siempre seguras y fáciles; y proporcionales a la facilidad con que machacaba a sus adversarios, su agresividad y su insolencia iban en aumento. Así se convirtió en una odiosa molestia para el vecindario, y de aquí el terror de las madres que tenían un hijo, y de cada esposa que tenía un marido, poseedores de un ánimo capaz de no soportar los insultos, o de tener la más pequeña confianza en sus capacidades pugilísticas.

Sucedió, no obstante, que vivía allí un joven llamado Ned Moran, más conocido por el sobrenombre de «Long Ned» por su constitución esbelta y ágil. Era, en verdad, un muchacho de diecinueve años de edad, o sea unos doce años más joven que el odiado matón. Esto, no obstante, como el lector puede adivinar, no le aseguraba al muchacho estar exento de las provocaciones insolentes del maldito púgil. Long Ned, en una hora mala, había puesto sus ojos tiernamente en cierta rolliza damita que, sin tener en cuenta la rivalidad amorosa del Matón Larkin, se inclinaba por corresponder a Ned.

No hace falta recordar con qué facilidad la chispa de los celos, una vez iniciada, se convierte en llama y de qué manera tan natural, en un carácter ingobernable y agresivo, explota en actos de violencia y ultraje.

El «matón» aguardaba su oportunidad, y por esto intentó provocar a Ned Moran mientras bebía en una taberna con un grupo de amigotes, buscando un altercado, e insultando a su joven rival de una forma que ningún hombre podía tolerar. Long Ned, aunque un chico sencillo y de buen carácter, no era ningún deficiente de espíritu, por lo que devolvió en tono de desafío los insultos, dándole así a su contrario la oportunidad que secretamente deseaba.

Matón Larkin desafió el heroico joven, cuyo hermoso rostro ya había decidido desfigurar y ensangrentar, cosas para las que estaba muy capacitado. La pelea, que él mismo contribuyó a iniciar, hasta cierto punto abarcó la mala sangre y la malvada premeditación que había inspirado tal procedimiento, y Long Ned lleno de generosa ira y ponches de whisky, aceptó el desafío al instante. Todo el grupo, junto con una multitud de hombres y muchachos, y con todos aquellos que pudieron disponer de unos momentos libres en su trabajo, marcharon en lenta procesión hacia el parque de Phoenix y ascendieron por la colina que miraba hacia la población, eligiendo cerca de la cumbre un lugar nivelado donde decidir el combate.

Los dos adversarios se desnudaron de cintura para arriba y un niño hubiera podido observar el contraste que ofrecía la forma delgada y ligera, así como las extremidades del muchacho, con el cuerpo macizo y musculoso de su veterano antagonista, y cuán escasas eran las probabilidades del pobre Ned Moran.

Igual que en el boxeo, se nombró a los «auxiliares» y a los que «tienen la botella» a punto para refrescar y animar a los contendientes, elegidos claro está entre los amantes de tal deporte, y empezó el «combate».

No aburriré a mis lectores con la descripción de la carnicería que entonces tuvo lugar. El resultado del combate fue el que cualquiera podía pronosticar. En el undécimo asalto, el pobre Ned se negó a «tirar la toalla»; el púgil bravucón, ileso, con buenos ánimos, y pálido por la concentración, y deseando aún su venganza, tuvo la suerte de ver a su rival sentado en las rodillas de su «auxiliar», incapaz de mantener erguida la cabeza y el brazo izquierdo ya inútil; su cara una masa ensangrentada y sin forma, su pecho arañado y sangriento, y todo su cuerpo jadeante y estremeciéndose de rabia y agotamiento.

—¡Abandona, Ned, muchacho! —le gritó más de uno de los espectadores.

—¡Nunca, nunca! —exclamó él, con voz ronca y ahogada.

Al llegar el final del descanso, su auxiliar le ayudó a ponerse en pie. Cegado por su propia sangre, jadeante y tambaleándose, ya sólo fue una diana para los golpes de su malvado contrario. Estaba claro que un simple roce sería suficiente para tumbarlo al suelo. Pero Larkin no quería terminar tan fácilmente. Se le aproximó sin soltarle ni un solo golpe (cuyo efecto, dado prematuramente, habría enviado rápidamente al suelo a Ned, poniendo así fin al combate) y colocando la estropeada cabeza y casi sin sentido bajo el brazo, en esa peculiar «posición» llamada «llave», la mantuvo con firmeza, mientras con brutal monotonía golpeaba con su otro puño la cara del joven. Un grito de «vergüenza» surgió de entre la multitud, porque estaba claro que el maltrecho Ned se hallaba insensible, sostenido sólo por el brazo hercúleo del matón. El asalto y el combate finalizaron cuando Larkin arrojó al suelo a su rival, colocando acto seguido su enorme rodilla sobre el pecho del muchacho.

El matón se incorporó, quitándose las gotas de sudor de su cara con las manos, pero Ned continuó tumbado e inmóvil sobre la hierba. Era imposible que se levantase para otro asalto. Por consiguiente, se lo llevaron tal como estaba hacia el embalse, que a la sazón se extendía muy cerca de la entrada al viejo parque, y le metieron la cabeza y el torso en el agua. En contra de la creencia general no estaba muerto. Lo condujeron a su casa y al cabo de unos meses se había recobrado bastante. Pero ya nunca pudo levantar cabeza y antes de finalizar aquel año murió de tuberculosis. Nadie dudó del origen de su enfermedad, pero no existía ninguna prueba que pudiera relacionar la causa con el efecto, y el rufián de Larkin escapó a las iras de la ley. Sin embargo, le esperaba una extraña retribución.

Tras la muerte de Long Ned, Larkin se mostró menos pendenciero que antes, pero más torvo y reservado. Algunos dijeron que «se lo había tomado muy a pecho» y otros que su conciencia no le dejaba descansar. No obstante, su salud no sufrió a causa de sus presumidos remordimientos, ni su prosperidad se vio frenada por las maldiciones con que le persiguió la madre del desdichado Ned Moran. Al contrario, Larkin más bien se elevó en el mundo, al obtener un empleo regular y bien remunerado del Secretario en Jefe de Jardinería, al otro lado del parque. Continuó viviendo en Chapelizod, adonde, al acabar la jornada, solía volver a través de los Quince Acres.

Fue unos tres años después del combate descrito, y a finales de otoño, cuando una noche, contrariamente a su costumbre, Larkin no apareció por la casa en la que se alojaba, ni fue visto por parte alguna del pueblo aquella noche. Sus horas de regreso habían sido tan regulares que su ausencia excitó de forma considerable a la gente de dicha casa, aunque sin alarmarlos demasiado, y a la hora usual cerraron la puerta por el resto de la noche, y el ausente huésped fue dejado a merced de los elementos y al cuidado de su principal estrella. Sin embargo, a la mañana siguiente muy temprano lo encontraron tendido en un estado de gran desvalimiento en la ladera que da entrada a Chapelizod. Habíase visto atacado por una especie de parálisis, pues tenía el lado derecho como muerto, y transcurrieron muchas semanas antes de que pudiera recobrar el habla lo bastante para hacerse entender.

Sólo entonces pudo relatar lo siguiente: se había entretenido en el trabajo, al parecer, más de lo usual, y ya era de noche cuando empezó a caminar hacia la pensión a través del parque. Era una noche de luna, pero había unas masas de nubes recorriendo el cielo. No había hallado a ningún ser humano ni había oído sonido alguno, aparte del rumor del viento al soplar entre los arbustos y por los claros del lugar. Aquellos rumores salvajes y monótonos, y la gran soledad que le rodeaban, no excitaron en él, sin embargo, ninguna sensación inquietante de las que pueden adscribirse a la superstición, aunque añadió que sí se había sentido deprimido o, según su propia fraseología», «solitario».Justo al cruzar el reborde de la colina que parece proteger el pueblo de Chapelizod, la luna brilló unos momentos libre de nubes, y sus ojos, que escrutaban los huecos sombríos que conforman la ladera, captó una figura humana que trepaba, con la velocidad de una persona perseguida, la pared del cementerio, y corría subiendo directamente hacia él. Las historias de «resucitados» pasaron pos su memoria al observar tan sospechosa figura. Y al instante estuve seguro de aquel individuo al correr dirigía sus pasos hacia él con un propósito bien definido.

La figura parecía llevar una chaqueta en torno suyo que, mientras corría, se desprendió de su persona según pudo ver Larkin, ya que la luna volvía a brillar entre las nubes. Así, la figura fue avanzando hasta llegar a unos cuarenta metros de Larkin, se paró en seco y luego se le acercó con un paso tardo y trastabillante. La luna surgió de nuevo brillante y clara y ¡Dios bendito! ¿cuál fue el espectáculo que vio el Matón? Divisó claramente, ante él y en carne y hueso, a Ned Moran, desnudo de cintura para arriba, como en el combate de boxeo, casi arrastrándose hacia él en silencio. Larkin habría querido gritar, rezar, maldecir, huir por el parque, pero se hallaba completamente paralizado; la aparición se detuvo a unos pasos del Matón y se burló de él con una mímica de desafío en la mirada, la misma mirada con la que los boxeadores se contemplan antes de iniciarse el combate. Por un momento, que no pudo calcular más que por conjetura, quedó como fascinado por aquella mirada sobrenatural, hasta que al final, la cosa o lo que fuese, se le aproximó más con las palmas extendidas. Con un impulso de horror, Larkin trató de protegerse con la mano de aquella figura, y sus palmas se tocaron —al menos eso creía—, durante un segundo de indecible agonía, y un estremecimiento, a través de su brazo, invadió todo su cuerpo y cayó al suelo sin sentido.

Aunque Larkin siguió con vida muchos años, su castigo fue terrible. Estaba mutilado sin remedio alguno, incapaz de trabajar, de modo que para su sustento se vio obligado a pedir limosna a los mismos a los que antaño había amedrentado con su fuerza. Sufría también, cada vez más, por su horrible interpretación de aquel encuentro sobrenatural que había sido el comienzo de todas sus miserias. Era inútil intentar que comprendiera lo imposible de aquella aparición, e igualmente inútil, como algunos compasivamente hicieron, convencerle de que el gesto de las manos de la aparición significaba un deseo de hacer las paces.

—No, no —exclamaba—, no es esto. Yo sé el significado de aquel gesto; era un desafío para el otro mundo... en el infierno adonde iré, esto significaba, nada más.

Desdichado y negándose a todo consuelo, vivió algunos años y luego falleció, siendo enterrado en el reducido cementerio que contenía los restos de su víctima.

No necesito añadir cuán absoluta era la fe de los habitantes que me contaron la historia en la realidad de aquel gesto sobrenatural que, a través de los portales del terror, las enfermedades y las miserias, había conducido al Matón Larkin a su prolongada y última morada y, asimismo, al mismo terreno en el que había conseguido el culpable triunfo de su violenta y vindicativa carrera.

Conozco otra historia de la misma clase sobrenatural, que causó gran sensación hace unos treinta y cinco años entre los murmuradores de la población, historia que con vuestro permiso, amables lectores, voy a relataros.

## LA AVENTURA DEL SACRISTÁN

Los que recuerdan Chapelizod hace un cuarto de siglo o más, recordarán posiblemente al sacristán de la parroquia. Bob Martin les causaba un gran temor a los chiquillos que correteaban por el cementerio los domingos, para leer las inscripciones de las lápidas o para jugar al salto de la rana sobre las mismas, o trepar por la hiedra en busca de nidos de murciélagos o de gorriones, o bien atisbar por la misteriosa abertura bajo la ventana oeste, por la que divisaban unos peldaños que se perdían en las oscuras profundidades, donde los ataúdes sin tapa boqueaban horriblemente entre terciopelo, huesos y polvo, que el tiempo y la mortalidad habían enviado allí. De tales terriblemente curiosos y emprendedores jovencitos, Bob era, claro está, el especial azote y terror. Pero pese a lo terrible del aspecto oficial del sacristán, y a su repulsiva forma delgada, envuelta en unas ropas ajadas y negras, y por temibles que pudieran resultar su pequeña y helada cara, sus suspicaces ojos grises y sus cabellos castaños y enmarañados, lo cierto era que la severa moralidad de Bob Martin a veces flaqueaba y Baco no le solicitaba en vano.

Bob poseía una mente curiosa, una memoria excelente llena de «cuentos graciosos» y también de terror. Su profesión le había familiarizado con tumbas y duendes, aunque su mayor afición eran las bodas, los banquetes y los jolgorios de toda clase. Y cuando sus recuerdos retrocedían unos sesenta años en la perspectiva de la historia de su pueblo, su almacén de anécdotas locales era copioso, detallado y edificante.

Como sus emolumentos eclesiásticos no eran muy considerables, se veía obligado frecuentemente, para dar rienda suelta a sus gustos, a ciertas artes que, cuando menos, eran muy poco dignas.

A menudo se invitaba él mismo cuando sus amistades se olvidaban de hacerlo; se dejaba caer casualmente en las juergas corridas por sus amigotes en las tabernas, y les divertía con sus historias, terroríficas, muy terribles siempre, extraídas de su inagotable memoria, con la intención de aceptar sin remilgos una copa de whisky caliente, o de lo que bebieran les demás.

En aquella época había un atrabiliario tabernero llamado Philip Slaney, cuya tienda se hallaba casi enfrente de la antigua caseta del peaje. Este hombre no era, cuando no se veía empujado a ello, muy aficionado a la bebida; pero siendo naturalmente de carácter triste y necesitando constantemente su ánimo algún estímulo, no tardó en experimentar un gran gusto por la compañía de Bob Martin, pues la sociedad del sacristán, en efecto, se convirtió gradualmente en un solaz para su existencia, pareciendo ir perdiendo poco a poco su melancolía ante la fascinación de las bromas y las maravillosas historias de aquel.

Esta intimidad no redundó en favor de la prosperidad ni la reputación de los demás bebedores. Por otra parte, Bob Martin trasegaba muchos más ponches de lo que era bueno para su salud, y respecto a su carácter eclesiástico. Philip Slaney, asimismo, se dejó arrastrar a iguales excesos, porque realmente resultaba muy difícil resistirse a las geniales seducciones de su bien dotado compañero; y como se veía obligado a pagar por ambos, su bolsillo, según se rumoreaba, empezó a padecer más que su corazón y su hígado.

Por todo lo cual, se acusó a Bob Martin de haber convertido al «negro Phil Slaney», que así es cómo le llamaban todos, en un borrachín; y Phil Slaney tenía, a su vez, la reputación de haber hecho del sacristán, si ello era posible, más bribón de lo que ya había sido. En estas circunstancias, las cuentas de la tienda que estaba enfrente del peaje empezaron a estar muy enredadas, y así llegó la mañana de un verano sofocante, con el tiempo bochornoso y nublado, en que Phil Slaney entró en una salita donde guardaba sus libros, y donde a través de los sucios cristales del ventanal daban solamente una pared, y tras haber cerrado la puerta, cogió una pistola cargada, y poniéndose el cañón en la boca, voló la parte superior de su cabeza hacia el techo.

Esta horrorosa catástrofe sacudió fuertemente a Bob Martin y en parte por esto, en parte por haber sido, en diversas ocasiones, visto de noche en un estado de gran abstracción, bordeando la insensibilidad, en el camino alto, amenazado con la despedida de su cargo y, como dijeron algunos, en parte también por la dificultad de encontrar a alguien que le «tratara» como el pobre Phil Slaney solía tratarle, durante largo tiempo abominó del alcohol en todas sus combinaciones y se convirtió en un eminente ejemplo de templanza y sobriedad.

Bob observó sus buenas resoluciones, mayormente para alivio de su esposa y la edificación de sus vecinos, con tolerable puntualidad. Casi nunca estaba alegre, y jamás borracho, de modo que la mayor parte de la buena sociedad le recibía con todos los honores como a un hijo pródigo.

Y ocurrió, casi un año después de los sucesos que hemos relatado, que habiendo recibido el párroco, por correo, el debido aviso de un funeral que debía llevarse a cabo en el cementerio de Chapelizod, con ciertas instrucciones acerca del emplazamiento de la tumba, envió en busca de Bob Martin, a fin de comunicarle los datos oficiales al respecto.

Era una noche otoñal encapotada: masas de nubarrones, elevándose lentamente de la tierra, habían cargado el cielo con una solemne y cárdena capa de tormenta. El gruñido de los lejanos truenos se oía por entre el aire casi inmóvil y toda la naturaleza parecía callada y acobardada bajo la opresiva influencia de la cercana tormenta.

Eran más de las nueve cuando Bob, vistiéndose con sus ropas negras de sacristán, se disponía a atender a sus deberes profesionales.

—Bobby, querido —le manifestó su esposa antes de darle el sombrero que ella tenía en la mano—, seguro que no... oh, Bob querido, seguro que... bueno, ya sabes...

—Yo no sé qué —replicó él, intentando coger el sombrero.

—No irás a pasarte de la raya, ¿verdad, Bobby? —aclaró ella, evitando darle la prenda de la cabeza.

—¿Por qué debería hacerlo, mujer? Bien, dame el sombrero, ¿quieres?

—Pero no me lo prometiste, querido... ¿no quieres prometér-melo?

—Sí, sí, claro, lo prometeré... pero ahora dame el sombrero...

—Pero no me lo prometes, Bob, amor mío... nunca me lo has prometido.

—Bueno, que el diablo me lleve si pruebo una sola gota hasta que regrese —exclamó el sacristán enojado—, ¿lo quieres así? ¡Y ahora, dame el sombrero y déjame marchar!

—Aquí lo tienes, querido —asintió ella— y que Dios haga que vuelvas con bien.

Y tras esta bendición, la mujer cerró la puerta, porque fuera estaba muy oscuro, y reanudó su labor de calceta hasta la vuelta del marido, mucho más aliviada porque sabía que él había regre-sado varias veces algo más achispado de lo conveniente para su enmienda y temía el atractivo de la media docena de tabernas ante las que tenía que pasar camino del otro lado de la población.

Todas estaban aún abiertas, exhalando un delicioso olor a whisky, cuando Bob fue pasando ante ellas, pero continuó con las manos en los bolsillos y volviendo la cabeza del otro lado, silbando resueltamente, llenando su mente con la imagen del párroco y an-ticipando ya lo que cobraría por su ayuda en el funeral. De este modo se conservó a salvo entre aquellas piedras de ofensa, llegando a casa del párroco totalmente sobrio.

Sin embargo, el cura había tenido que atender la llamada de un enfermo, por lo que no estaba en casa, de modo que Bob Martin tuvo que sentarse en el vestíbulo y golpetear el suelo con los pies hasta el regreso de su superior. Este, por desgracia, se demoró y eran ya más de las doce cuando Bob Martin decidió volver a su hogar. Por aquel entonces la tormenta había oscurecido más la no-che, se oía tronar entre las rocas y las oquedades de las montañas de Dublín, y los pálidos y azulados relámpagos brillaban sobre las fachadas de las casas.

Por aquel entonces, también, todas las puertas estaban cerradas, pero mientras Bob se dirigía a su casa, sus ojos mecánicamente buscaban la taberna que antaño perteneciera a Phil Slaney. Una pobre luz se filtraba por los intersticios de los postigos y los cristales de la puerta, formando una especie de nimbo oscuro y helado en torno al frente de la tienda.

Por entonces los ojos de Bob Martin ya se habían acostumbrado a la oscuridad y la luz en cuestión fue suficiente para divisar a un individuo, llevando una especie de traje de jinete, sentado en el banco que a la sazón habían colocado bajo la ventana de la tienda. El hombre tenía el sombrero casi tapándole los ojos y estaba fumando en una larga pipa. La forma de un vaso y de una botella también se veían a su lado, y un caballo ensillado, aunque apenas discernible, aguardaba pacientemente a que su amo lo montara.

Había algo extraño, sin duda, en el aspecto de aquel viajero que se refrescaba a tal hora en plena calle; pero al sacristán no le extrañó demasiado suponiendo que, al estar cerrada la taberna a aquellas horas de la noche, había cogido lo que necesitaba para refrescarse, llevándolo afuera.

En otra ocasión Bob habría saludado al desconocido al pasar con un amable «buenas noches», pero en aquel momento no estaba de humor, y ya iba a pasar de largo sin ninguna cortesía, cuando el otro, sin quitarse la pipa de la boca, levantó la botella y con ella lo llamó con gran familiaridad, mientras, con una especie de encogimiento de hombros, y al mismo tiempo yendo a sentarse en el extremo del banco, le invitaba por señas a ocupar el banco a su lado, junto con su bebida. Bob olía una deliciosa fragancia de whisky, y casi se detuvo, pero luego recordó su promesa justo cuando empezaba a vacilar y murmuró:

—No, gracias, señor, esta noche no puedo detenerme.

El desconocido volvió a llamarle con más vehemencia, indicando el espacio vacío del banco a su lado.

—Gracias por su amable ofrecimiento —repitió Bob—, pero ya llevo retraso y no tengo tiempo que perder, pero lo repito las gracias y que tenga muy buenas noches.

El viajero hizo chocar el vaso contra el gollete de la botella, como intimando a Bob que al menos podía echar un trago sin perder mucho tiempo. Bob estuvo a punto de ser mentalmente de la misma opinión pero, aunque la boca se le hacía agua, recordó su promesa y meneando la cabeza con incorruptible resolución, continuó andando.

El desconocido, pipa en boca, abandonó el banco, la botella en una mano y el vaso en la otra, y siguió al sacristán, en tanto el caballo empezaba a seguir la estela de su amo.

Había algo sospechoso e inexplicable en aquella importunidad.

Bob apretó el paso, pero el desconocido le seguía de cerca. El sacristán comenzó a sentirse acosado y volvió la cabeza. Su perseguidor estaba detrás suyo, invitándole con gestos impacientes a compartir el licor.

—Ya le dije —exclamó Bob, que estaba a la vez enojado y asustado—, que no quiero beber y basta ya. No quiero volver a hablar con usted ni saber nada de su botella; y en nombre de Dios —añadió con más vehemencia, al observar que el otro se le iba aproximando más—, aléjese de mí y no me atosigue de este modo.

Estas palabras encolerizaron al desconocido, porque blandió la botella con violenta amenaza contra Bob Martin; pero, sin embargo, este gesto de desafío sirvió para aumentar la distancia entre los dos. Bob, no obstante, se fue distanciando cada vez más hasta que la pipa del desconocido sólo fue un leve resplandor rojizo que aún iluminaba un poco la figura del fumador, como la brumosa atmósfera de un meteoro.

—Ojalá que el diablo se apodere de ti, amiguito —masculló Bob Martin excitado— y sé muy bien adónde te llevará.

La siguiente vez que miró por encima del hombro vio con gran disgusto que el importuno desconocido volvía a acercársele.

—¡Dios te confunda! —gritó el hombre de las calaveras y las palas, cuando vio al otro casi a lado con rabia y horror—. ¡Qué quieres de mí?

Su perseguidor pareció más confiado y meneaba la cabeza al tiempo que adelantaba el vaso y la botella hacia el sacristán, quien oyó al caballo relinchar en la oscuridad.

—Aléjate, seas quien seas, porque no tienes ni gracia ni suerte alguna —volvió a gritar Bob Martin, helado de terror— ¡Déjame solo, por favor!

Y en vano buscó entre la gran confusión de sus ideas una plegaria o un exorcismo. Apretó de nuevo el paso hasta casi correr y no tardó en hallarse ya muy cerca de su casa, bajo la saliente orilla de aquel lado del río.

—¡Déjame entrar, por favor, déjame entrar! ¡Molly, abre la puerta! —exclamó corriendo hacia el umbral y golpeando la puerta con su espalda. El desconocido le hizo frente en la calle; ya no tenía la pipa en la boca, pero el rojizo resplandor todavía ponía un halo a su alrededor. Articuló unos sonidos cavernosos, semejantes a aullidos e indescriptibles, mientras al mismo tiempo parecía estar llenando un vaso de la botella.

El sacristán pateó la puerta con todas sus fuerzas, gritando con una voz llena de desesperación.

—¡En nombre de Dios Todopoderoso, déjame en paz!

Su perseguidor, enfurecido, arrojó el contenido de la botella a Bob Martin, pero en lugar de líquido surgió una llamarada, que se expandió y se arremolinó en torno a ambos, y por un momento los dos estuvieron envueltos por un débil incendio y, de repente, una ráfaga de viento se llevó el sombrero del desconocido y el sacristán vio que aquel cráneo carecía de tapa. Por un instante contempló aquel agujero redondo y negro, y luego cayó sin sentido en el umbral de su casa, que su asustada esposa había ya abierto.

Supongo que no necesito darle al lector la clave de esta narración inteligible y auténtica. El desconocido era el espectro del suicida, invocado por el Maligno para tentar al alegre sacristán a violar su promesa, sellada como estaba por un juramento. De haber tenido éxito el viajero, no hay duda de que el caballo, que Bob había visto ensillado, habría tenido que soportar una doble carga hasta el lugar de donde procedía su amo.

Como una prueba de la realidad de este suceso, a la mañana siguiente vieron que el viejo espino que colgaba sobre el umbral de la puerta de la casa estaba chamuscado por las llamaradas infernales que habían surgido de la botella, como si un rayo lo hubiera agostado.

La moraleja del relato anterior es tan aparente, está tan en la superficie, y, por así decirlo, habla tanto por sí misma, que obviamente no hay necesidad de discutirla más. Despidiéndonos, por tanto, del honesto Bob Martin, que ahora duerme en el solemne dormitorio donde, en su época, tantos lechos había dispuesto para otros, paso a una leyenda del Real Cuerpo de Artillería de Irlanda, cuyo cuartel general estuvo por mucho tiempo en la población de Chapelizod. Esto no quiere decir que no pudiera contar otras historias, igualmente auténticas y maravillosas, relativas a esta vieja ciudad, pero como es posible que tenga que ejercer el mismo oficio de cuentista para otros lugares, y como el editor Anthony Poplar es conocido como Átropo, por llevar siempre unas tijeras con las que recortar los «cuentos» que exceden de los límites razonables, considero, en conjunto, más seguro terminar con las tradiciones de Chapelizod sólo con un relato más.

Dejadme que antes os dé un título, porque un autor no puede publicar una obra sin un título, lo mismo que un boticario no puede despachar un medicamento sin etiqueta. Por consiguiente, lo llamaremos:

## LOS AMANTES ESPECTRALES

Vivía allí hace unos quince años en una casita medio arruinada, más pequeña que una azada, una anciana que todos decían que pasaba de los ochenta años, y que respondía al nombre de Alice, o popularmente, de Ally Moran. Su compañía no era muy buscada ya que, como puede suponer el lector, no era rica ni demasiado hermosa. Aparte de un perro de mala raza y de un gato, tenía un solo compañero, su nieto, Peter Brien, al que, con laudable desinterés, la vieja había mantenido desde su orfandad hasta el tiempo de mi historia, cuando tenía algo más de veinte años de edad. Peter era un muchacho de buen carácter, más aficionado a la lucha, al baile y a los amoríos que al trabajo, y más adicto al whisky que a un buen consejo. Su abuela tenía una alta opinión de sus éxitos, que se contaban entre su carácter y su genio, ya que Peter, en los últimos años, había dedicado sus afanes a la política; y como estaba claro que odiaba mortalmente al trabajo honrado, su abuela pronosticó, igual que una excelente adivina, que el muchacho había nacido para casarse con una heredera, y el mismo Peter (que no tenía una mente apta para prever su futuro) estaba seguro de que descubriría al menos una jarra llena de monedas de oro. Los dos eran unánimes en un punto: que al no estar el carácter de Peter de acuerdo con el trabajo, adquiriría la inmensa fortuna a que sus méritos le daban derecho mediante una racha de buena suerte. Esta solución del futuro de Peter tuvo el doble efecto de reconciliarles a él y a su abuela con sus deseos de ocio y de mantener el ánimo alegre que hacía que Peter siempre fuese bien recibido por todo el mundo, y que en verdad era el resultado natural del conocimiento de su próxima riqueza.

Sucedió que una noche Peter se había divertido hasta una hora tardía con dos o tres amigos, cerca de Palmerstown. Habían hablado de política y de amor, habían entonado canciones y contado historias y, por encima de todo, cada uno había trasegado, disfrazado de ponche, al menos una pinta de buen whisky.

Eran más de la una cuando Peter se despidió de sus compañeros, con un suspiro y unos hipos, y encendiendo su pipa se dirigió a su solitario hogar.

El puente de Chapelizod estaba casi a la mitad de su camino, y por una causa u otra, su paso era más bien lento, por lo que eran más de las dos cuando se acodó a la barandilla y contempló el río, en cuyas aguas y orillas arboladas incidía la suavidad de la luz lunar.

La fría brisa que soplaba sobre el río le resultó muy grata. Enfrió su enturbiada cabeza y la bebió en sus ardientes labios. La escena, aunque el joven no fuese un espíritu muy sensible, tenía una secreta fascinación. El pueblo estaba sumido en un profundo sueño, ni un solo mortal daba señales de vida, no se oía el menor ruido, una suave bruma lo envolvía todo y los rayos de la luna abarcaban el nocturno paisaje.

En un estado entre reflexión y hechizo, Peter continuó inclinado sobre la balaustrada del viejo puente, y de pronto vio, o creyó ver, surgiendo una tras otra a lo largo de la orilla del río, en los jardincitos y cercados a espaldas de la calle mayor de Chapelizod, las chozas y cabañas más extrañas, encaladas, que había visto nunca allí. No estaban en tal sitio cuando había cruzado el puente camino de su francachela. Pero lo más notable era la forma extraña en que aquellas cabañas se dejaban ver. Primero divisó una o dos por el rabillo del ojo, y cuando las contempló todas a la vez, por raro que parezca, se fueron desvaneciendo hasta desaparecer. Después aparecieron una y otra más, todas de la misma rara manera, o sea apareciendo y desvaneciéndose poco después, antes de que Peter pudiera grabarlas en su memoria; poco después, sin embargo, empezaron a ofrecerse con más claridad a las miradas de Peter, hasta que fue capaz, mediante un esfuerzo de atención, de verlas por más tiempo, y cuando por fin volvieron a desaparecer, logró al menos recordarlas en luz y sustancia, hasta que su vacilante permanencia fue haciéndose más y más segura, cuando finalmente asumieron un lugar permanente en el paisaje bañado por la luna.

—¡Cáspita! —exclamó Peter, asombrado y dejando caer su pipa al río inconscientemente—. Esto es lo más extraño que he visto respecto a cabañas de barro, creciendo como setas en un rato, desapareciendo y volviendo a aparecer y cambiándose luego a otro sitio, como una familia de conejos blancos entrando y saliendo de su madriguera; y ahora allí están, tan firmes y seguras como si nunca se hubieran movido de su sitio desde el Diluvio. En realidad, esto es capaz de hacer que un hombre crea en fantasmas.

Esto último fue una concesión de Peter, que era un poco librepensador y hablaba de esta manera, desdeñosamente, en su conversación ordinaria.

Tras haber contemplado por algún tiempo tan sorprendentes cabañas, Peter se dispuso a proseguir su camino; y después de cruzar el puente y haber dejado atrás el molino, llegó a la esquina de la calle mayor de la población donde, al echar una indolente ojeada a la carretera de Dublín, sus ojos recayeron sobre el más inesperado de los espectáculos.

No era sino una columna de soldados de infantería marchando con perfecta disciplina hacia la población, mandados por un oficial a caballo. Se hallaban al extremo más alejado del puesto de peaje, que estaba cerrado; y ante su enorme perplejidad percibió que los soldados pasaban a través del mismo sin al parecer sufrir ninguna inspección en la barrera.

La marcha era lenta y lo más extraño era que arrastraban consigo varios cañones; unos tirando de cuerdas, otros empujando las ruedas, y otros aún marchando delante y detrás de los cañones, mosquetones al hombro, dando la sensación de un desfile y, según le pareció a Peter, con un procedimiento muy poco guerrero.

Bien debido a algún defecto temporal de la visión del joven, o a alguna ilusión a causa de la luna o la neblina, o tal vez a otra causa, toda la procesión parecía moverse con un cierto balanceo y envuelta en una especie de vapor, todo lo cual dejó perpleja y cansada a su vista. Era como la representación de una fantasmagoría reflejada sobre humo. Era como si cada hálito la perturbase; a veces resultaba borrosa, a veces totalmente eliminada, tan pronto estaba aquí, tan pronto estaba allí. En ocasiones, mientras los torsos de los soldados se veían claramente, las piernas se desvanecían o desaparecían totalmente, y luego resurgían en un claro relieve, marchando con paso mesurado, en tanto los sombreros de tres picos y los hombros se tornaban transparentes y al final desaparecían.

Mas a pesar de estas fluctuaciones visuales, la columna proseguía su marcha de manera impertérrita. Peter atravesó la calle desde la esquina próxima al viejo puente, corriendo de puntillas, con el cuerpo agachado para impedir ser visto, y luego se incorporó protegido por la sombra de las casas donde, como los soldados marchaban por la calzada, calculó que quedando él invisible para la columna, podría contemplarles a placer.

—¿Qué diab... qué maldi...? —musitó, reprimiendo las poco religiosas exclamaciones, porque lo que estaba viendo le dejaba atónito pese al ficticio coraje obtenido gracias a los tragos de whisky—. ¿Qué diantre está pasando? ¿No serán los franceses que vienen a echarnos una mano en nuestra situación un tanto apurada? Si no son ellos... ¿quiénes diab... quiénes son, ya que no he visto unos tipos semejantes desde el mismo día en que nací?

Por aquel entonces la mayoría de los soldados estaban ya muy cerca y Peter pudo volver a repetir mentalmente que se trataba de los soldados más raros que había visto en su vida. Llevaban largas polainas y calzones de cuero, tricornios con galones plateados, largas casacas azules por fuera y el forro rojo, con los dos faldones traseros unidos, en tanto por delante las solapas se abrochaban con un solo botón, dejando ver un chaleco largo, muy blanco y un cinto muy ancho, con enormes faltriqueras de piel blanca que colgaban muy bajas, y en cada una de los cuales brillaba una estrella plateada. Pero lo que más le chocó por grotesco y estrafalario en aquellos uniformes fue el extraordinario despliegue de encajes en las camisas y de volantitos en los puños, así como la extraña manera con que peinaban sus cabelleras empolvadas bajo los tricornios, formando una gruesa cola detrás y sobre la nuca. Uno de la columna iba montado. Cabalgaba sobre un caballo blanco, de elevada estatura, muy ágil y de cuello arqueado, en tanto el jinete ostentaba una pluma blanca como la nieve en su tricornio y su casaca resplandecía con profusión de galones plateados. Por todo lo cual Peter intuyó que debía tratarse del comandante del destacamento, de modo que le examinó atentamente cuando pasó ante él.

Era un hombre delgado, alto, cuyas piernas no acababan de llenar sus calzones de cuero, pasando seguramente de los sesenta años. Su cara estaba como encogida, demacrada y del color de las moras; llevaba un parche sobre un ojo y no giraba la cabeza ni a derecha ni a izquierda, cabalgando siempre rectamente al frente, a la cabeza de sus hombres, con una solemne inflexibilidad muy militar.

Las expresiones de todos los hombres, tanto de los oficiales como de los soldados, parecían llenas de turbación, como de susto, de espanto. En vano buscó Peter un rostro alegre o sosegado. Todos mostraban, sin faltar uno, una mirada melancólica, de perro abandonado, y a medida que iban desfilando Peter vio que aquellas expresiones se iban tornando más y más frías y conmovedoras.

El joven estaba sentado en un banco de piedra desde el cual, mirando con toda su potencia visual contemplaba la grotesca y silenciosa, procesión desfilando ante él. En efecto, totalmente silenciosa, porque Peter no podía oír ni el tintineo del equipo, ni las pisadas ni el ruido de las ruedas de los cañones; y cuando el coronel giraba un poco su caballo, cosa que hacía para gritar una voz de mando, y un trompeta, con una nariz hinchada y azulina y una guirnalda de plumas en su sombrero, que iba al lado del jefe, se llevó la trompeta a los labios, Peter no oyó nada, aunque quedó claro que el sonido había llegado a los soldados porque al momento se pusieron en formación de a tres.

—¡Porras! —murmuró Peter—. Quizá me estoy volviendo sordo...

Pero no era así, toda vez que oía el rumor de la brisa y el de la corriente del Liffey.

—Bueno —siguió murmurando en el mismo tono de voz—, ¡así me aspen! O es el ejército francés que viene a asaltar Chapelizod por sorpresa y no quieren hacer ruido para no despertar a sus habitantes o es... es... es otra cosa. Pero... pero.. ¿cómo y por qué se meten en la tienda de Fitzpatrick?

El edificio de piedra, pardo, del otro lado de la calle, nunca le había parecido más nuevo ni más limpio de lo que él solía verle; la puerta de la tienda estaba abierta y un centinela, con el mismo uniforme grotesco, mosquetón al hombro, se paseaba ante la puerta sin hacer el menor ruido. En la esquina del edificio, de igual manera, se hallaba abierta otra puerta (que Peter no recordaba en absoluto), frente a la cual también se paseaba otro centinela, y era por esa puerta por donde toda la columna iba pasando gradualmente hasta que finalmente Peter los perdió de vista.

—No estoy dormido ni sueño —exclamó Peter restregándose los ojos, dando de pies sobre el suelo, para asegurarse de estar bien despierto—. Es algo muy extraño... y no sólo esto, sino que todo lo de esta población me parece muy raro. La casa de Tresham está recién pintada, encalada, con flores en las ventanas... Y la casa de Delaney que no tenía un solo cristal esta mañana, y apenas una pizarra en el tejado, también está renovada... No es posible que esté bebido... Seguro que allí está el corpulento árbol sin que una sola hoja haya cambiado desde que pasé por allí, y veo brillar las estrellas... Tampoco creo que sea cosa de mi vista...

Y como al mirar a su alrededor iba viendo o imaginándose nuevos cambios de los que asombrarse, echó a andar por la calzada, tratando sin más demora llegar a su casa.

Pero las aventuras de aquella noche aún no habían concluido. Apenas había llegado Peter a la esquina del corto callejón que llevaba a la iglesia, cuando por primera vez percibió a un oficial que le iba precediendo a sólo unos metros por delante.

El oficial andaba con soltura, balanceándose ligeramente, llevando su espada bajo el brazo y con los ojos parecía escrutar el pavimento con expresión ensimismada.

En el hecho de no parecer darse cuenta de la presencia de Peter y de guardar para sí sus reflexiones, había algo tranquilizador. Además, el lector recordará que nuestro protagonista tenía un *quantum suffícit* de buen ponche antes de comenzar su aventura, hallándose así fortificado contra los sustos y los terrores bajo los cuales, en un estado de mente más razonable, se hubiera hundido.

La idea de la invasión francesa resucitó poderosamente en la excitada imaginación de Peter, mientras iba siguiendo al indolente oficial.

—¡Por los poderes de Moll Kelly, le he de preguntar qué sucede! —decidió Peter, con un súbito ataque de furia—. Me lo dirá o no, según le parezca, pero mi pregunta no podrá ofenderle.

Tras haberse animado de esta manera, Peter se aclaró la garganta y gritó:

—¡Capitán! Os pido mil perdones, capitán, pero tal vez seréis tan condescendiente como para decirme, si así place a su señoría, si su señoría es o no francés... si así os place.

Esto preguntó sin pensar, pues ni lo sospechó, que sus palabras no resultarían inteligibles para la persona a la que iban dirigidas. Sin embargo, las entendió puesto que el oficial le respondió en inglés, al mismo tiempo que aflojaba el paso y se apartaba levemente a un lado de la calzada, como invitando al preguntón a que se situase a su lado.

—No, soy irlandés —fue la respuesta.

—Os doy humildemente las gracias, su señoría —expresó Peter, acercándose al oficial, ya que la amabilidad y la nacionalidad del oficial le habían animado a ello—, pero quizá su señoría está al *service* del rey de Francia...

—Yo sirvo al mismo rey que tú —respondió el oficial con un significado de tristeza que Peter no comprendió; y fue el oficial quien preguntó a su vez:

—¿Y qué haces en la calle a estas horas del día?

—¿El día, su señoría? La noche, querrá decir.

—Nosotros siempre hemos tenido la costumbre de cambiar la noche en día y seguimos conservándola —observó el oficial—. Bien, esto no importa. Ven a mi casa. Tengo un trabajo para ti si quieres ganarte unas monedas fácilmente. Vivo allí.

Con estas palabras conminó a Peter a seguirle, el cual le obedeció casi mecánicamente, y ambos doblaron por una callejuela próxima a la antigua capilla católica romana, al final de la cual se veían las ruinas de un edificio elevado, de piedra.

Como todo lo demás de la población, la casa también había sufrido una metamorfosis. Los muros agrietados y sucios estaban ahora enderezados, perfectos, cubiertos de losetas; los cristales brillaban fríamente en todas las ventanas y la puerta de entrada tenía un aldabón de bronce. Peter no sabía si creer a sus antiguas o a sus nuevas impresiones, si ver es creer, pues no podía discutir la realidad de la escena. Todos los recuerdos de su memoria le parecían imágenes de un mal sueño. Transido de asombro y perplejidad, aceptó la nueva aventura.

Se abrió la puerta, el oficial invitó a entrar a Peter con un aire de autoridad melancólica y el joven entró. Nuestro protagonista continuó siguiendo al oficial a una especie de vestíbulo, muy oscuro, pero se guio por los pasos del militar, y en silencio empezaron a subir por una escalera. La luz de la luna, que brillaba en los pasillos, mostraba un revestimiento viejo y oscuro, y un pasamanos de madera de roble. Pasaron por delante de puertas cerradas en diferentes descansillos, y todo estaba en tinieblas y en silencio, como suele estar a aquella hora de la noche.

Finalmente llegaron al último piso. El capitán se detuvo un minuto ante la puerta más cercana y, lanzando un fuerte gruñido, la empujó abriéndola y entró en la habitación. Peter se quedó en el umbral. Una joven esbelta, con un vestido blanco y amplio, y mostrando una abundante cabellera negra que le colgaba hasta los hombros, se hallaba de pie en el centro de la estancia, de espaldas a ellos.

El oficial se paró en seco antes de llegar hasta ella y con voz angustiada, exclamó:

—Aún lo mismo, dulce paloma,... dulce paloma... aún lo mismo.

La joven dio media vuelta súbitamente y rodeó con sus brazos el cuello del militar con un gesto mezcla de cariño y desesperación, al tiempo que su cuerpo temblaba como estremecido por un repentino llanto. Él la sostuvo entre sus brazos en silencio, y el honesto Peter sintió que un extraño terror se apoderaba de todo su ser, al contemplar aquellos misteriosos sollozos y ternuras.

—Esta noche... esta noche... y despés diez años... diez largos años más...

El oficial y la joven parecieron pronunciar al unísono estas palabras; la voz femenina se mezclaba con la masculina en un lamento musical y temeroso, como un distante viento veraniego a tan altas horas de la noche soplando entre ruinas.

—Que todo recaiga sobre mí, dulce paloma —oyó Peter que decía el oficial coz angustiada—, sobre mí.

Y otra vez parecieron sollozar juntos, con el mismo y desolado lamento, como los sonidos de un inmenso dolor oído en lontananza.

Peter estaba horrorizado, y al mismo tiempo lleno de una extraña fascinación, y de pronto una intensa y temible curiosidad se apoderó de su ánimo.

La luna penetraba oblicuamente en la habitación y por la ventana Peter divisaba las familiares cuestas del parque, durmiendo y trémulo bajo la bruma. También veía el mobiliario de la habitación con tolerable claridad: las antiguas butacas de respaldos cóncavos, un cama de cuatro columnas en una especie de alcoba y un perchero contra la pared del cual colgaban varias prendas y equipo de militar, y la vista de todo esto tan familiar le devolvió a Peter parte de su serenidad, por lo que experimentó asimismo cierta curiosidad por ver el rostro de la muchacha cuya larga cabellera ocultaba ahora las charreteras del oficial.

Peter tosió cortésmente, primero ligeramente y luego más alto, para sacar a la joven de su ingrato dolor; y en apariencia lo logró, porque ella dio media vuelta, lo mismo que su compañero, y ambos, mano en mano, miraron a Peter fijamente. Este pensó que jamás había visto unos ojos tan grandes ni tan raros en toda su vida; y aquella mirada casi le puso los pelos de punta, suspendiendo los latidos del corazón. Una eternidad de miseria y remordimiento se leía en los rostros ensombrecidos que le estaban contemplando.

Si Peter hubiera bebido menos whisky, en un solo vaso, es probable que se le habría parado el corazón delante de aquellas dos figuras, que a cada momento parecían ir adquiriendo un contraste más marcado y terrible, aunque apenas definido, con los ordinarios seres humanos.

—¿Qué queréis de mí? —tartamudeó Peter.

—Que lleves mis tesoros perdidos al cementerio —replicó la damita, con una voz argentina de una desolación más que mortal.

La palabra «tesoro» revivió la resolución de Peter, a pesar de estar ya cubierto de un sudor frío, y con los pelos de punta por el horror; aunque pensó, no obstante, que se hallaba ya al borde de la fortuna, si lograba llevar la conversación a su final con valentía.

—¿Y dónde... —jadeó—, dónde lo encontraré?

Los otros dos señalaron la repisa de la ventana, a cuyo través relucía la luna hasta el otro extremo de la habitación.

—Debajo de aquella losa —explicó el militar.

Peter lanzó un largo suspiro, se enjugó el sudor helado de la frente, y se dispuso a saltar por la ventana, esperando obtener el premio a sus prolongados terrores. Pero al mirar fijamente a la ventana divisó la débil imagen de un niña recién nacida, sentada sobre la repisa a la luz de la luna, con sus bracitos extendidos hacia él y sonriéndole de una forma realmente celestial.

Ante esta visión, por raro que parezca, el corazón le falló por completo a Peter, tendió la vista a los otros dos que estaban muy cerca, y les vio contemplar al bebé con una sonrisa tan culpable y distorsionada que le pareció estar vivo en medio de un escenario infernal, y estremeciéndose, gritó en una irreprimible agonía de horror:

—¡No tengo nada que deciros ni que hacer con vosotros, no sé quiénes sois ni qué queréis de mí, pero dejadme marchar ahora mismo, dejadme marchar los dos, en nombre de Dios!

Tras estas palabras, a los oídos de Peter se filtró un extraño rumor, un sorprendente susurro; perdió la visión de todo y experimentó la peculiar pero no ingrata sensación de caer suavemente, que a veces nos invade en el sueño, terminando con una pesada sacudida. A continuación no tuvo sueño alguno ni conciencia hasta que se despertó, helado y envarado, tumbado entre dos montones de residuos, junto a las negras paredes de la casa arruinada y sin tejado.

No hace falta decir que el pueblo volvía mostrar el deterioro y el descuido de siempre, ni que Peter buscó a su alrededor y en vano, las huellas de las sucesos que tanto le habían asombrado y extrañado la noche anterior.

—Sí, sí —asintió su abuela, quitándose la pipa de la boca, cuando su nieto terminó la descripción de lo que había visto desde el puente—, recuerdo muy bien, cuando yo no era más que una chiquilla pizpireta, esas pequeñas cabañas entre los jardines a la orilla del río. Los militares de artillería que estaban casados o no podían dormir en el cuartel, solían vivir en ellas, pero todos desaparecieron hace muchos, muchos años.

»¡Dios tenga piedad de nosotros! —continuó cuando Peter le hubo descrito la procesión militar—, también he visto estas columnas de soldados marchando por el pueblo, tal como lo visto anoche, querido. Oh, vamos, me duele el corazón cuando rememoro aquellos días; eran muy agradables, seguro, pero ¿no es terrible acaso pensar que son una serie de fantasmas los soldados que viste anoche? ¡Que el Señor nos libre de todo mal, porque no puede ser otra cosa, tan seguro como que estoy aquí sentada!»

Cuando Peter mencionó la peculiar fisionomía y la figura del viejo oficial que cabalgaba al frente del regimiento...

—Ese —le interrumpió la anciana dogmáticamente— era el viejo coronel Grimshaw, el Señor nos guarde, que está enterrado en el cementerio de Chapelizod, y me acuerdo de él, de cuando yo era una niña, y una verdadera cruz era ese coronel para sus hombres, y un gran diablo con las chicas... ¡así descanse su alma!

—Amén —concluyó Peter—, sí, a menudo he leído la inscripción de su lápida, pero murió hace mucho tiempo.

—Seguro, ya te dije que murió siendo yo una chiquilla... ¡el Señor nos guarde de todo mal!

—Temo —masculló Peter—, que no duraré mucho en este mundo después de ver lo que he visto.

—Tonterías, necedades —replicó su abuela, indignada, aunque tenía algunas dudas al respecto—; seguro que había Phil Doolan, el barquero, que vio a la negra Ann Scanlan en su barca... ¿y qué mal vino de ellos?

Peter continuó con su relato pero al llegar a la descripción de la casa en la que su aventura había tenido un final tan siniestro, la anciana volvió a interrumpirle.

—Conozco esa casa y sus vetustas paredes, y me acuerdo de cuando tenía un tejado, y todas las puertas y ventanas bien encajadas, pero se decía que estaba embrujada, si bien he olvidado cómo ni por quién.

—¿Oíste decir alguna vez si por allí había plata u oro? —inquirió Peter.

—No, no, y no pienses con tales cosas; sigue mi consejo: no te acerques nunca a aquellas agrietadas paredes en todos los días de tu vida y yo recitaré las mismas palabras que murmura el sacerdote respecto a estas cosas, porque está claro que no viste nada bueno anoche, ni hay en ello gracia ni suerte alguna.

La aventura de Peter causó una gran conmoción en el pueblo, como el lector puede suponer, y unas cuantas noches más tarde, cuando iba a un recado para el alcalde Vandeleur, que vivía en una casa cómoda aunque antigua, cerca del río y bajo un buen grupo de árboles añosos, fue llamado para hacer el relato de su historia en el salón.

El alcalde era, como dije, un anciano, bajo, flaco pero erguido, con un cutis terroso y una inflexibilidad de madera en la cara; era hombre, además, de pocas palabras, y si él era viejo, no hay que decir que su madre lo era más todavía. Nadie sabía ni trataba de adivinar su edad, pero se admitía que la generación de aquella mujer ya había quedado atrás hacía largo tiempo, y que no le quedaba ninguna competidora en edad. Tenía sangre francesa en sus venas, y aunque no había conservado tan bien sus encantos como Ninón de Lenclos, aún seguía en posesión de toda su actividad mental y hablaba muy bien y a menudo de sí misma y del alcalde.

—O sea, Peter —murmuró la vieja madre del alcalde—, que has visto al querido y antiguo Real Irlandés de nuevo por las calles de Chapelizod. Frank, prepárale un ponche, y tú, Peter, siéntate y mientras bebes acaba tu historia.

Obediente, Peter tomó asiento cerca de la puerta, con un vaso del estimulante néctar bien caliente a su lado, y prosiguió con maravilloso coraje, considerando que allí no había más luz que la del fuego, relatando con minuciosos detalles su espantosa aventura. La anciana dama escuchaba al principio con una sonrisa de incredulidad mal disimulada, pensando en la francachela del narrador en Palmerstown, pero a medida que la historia continuaba prestó más atención, hasta quedar absorta, e incluso una o dos veces lanzó ciertas exclamaciones de lástima o temor. Cuando Peter acabó de hablar, la anciana tendió la vista con cierta tristeza y gran abstracción hacia la mesa, acariciando a su gato al mismo tiempo, hasta que de pronto, mirando a su hijo el alcalde, exclamó:

—Frank, tan seguro como que estoy viva, Peter ha visto al malvado capitán Devereux.

El alcalde murmuró una casi inarticulada expresión de asombro.

—La casa era precisamente tal como la ha descrito. Ya te he hablado muchas veces, y se lo oí decir a tu querida abuela, de la joven que el capitán arruinó, y de las terribles sospechas respecto a la niñita y que su madre, pobrecita, murió en la casa, roto el corazón, y ya sabes que el capitán murió poco después en un duelo.

Esta fue la única luz que Peter obtuvo acerca de su aventura. Se supone, no obstante, que continuó aferrado a la esperanza del tesoro que estaba escondido en algún lugar de la vieja casa, ya que a menudo se le vio hurgando en las paredes, hasta que el fin su destino lo atrapó, pobre muchacho, porque durante su búsqueda, al trepar un día casi hasta lo alto del edificio, cedió su sostén y cayó sobre el duro e irregular suelo, fracturándose una pierna y una costilla, y tras un breve intervalo falleció y, como los otros protagonistas de estos verdaderos relatos, está enterrado en el pequeño cementerio de Chapelizod.

## HISTORIAS DEL LOUGH GUIR

Cuando el presente escritor era un chico de doce o trece años, conoció a la señorita Anne Baily, de Lough* Guir, en el condado de Limerick. Ella y su hermana eran las últimas representantes, en aquel lugar, de un extremadamente buen apellido en el condado. A ambas las consideraban como «solteronas», puesto que pasaban de los sesenta años. Pero ninguna dama era más hospitalaria, más vivaracha, más afable con los demás, especialmente con la gente joven. Las dos eran notablemente agradables y listas. Como todas las viejas damas de los condados en aquel tiempo, eran grandes geneologistas y podían remontarse al origen, por generaciones y casamientos, de cada familia notable del condado.

A dichas damas las visitaba, en su casa de Lough Guir, el señor Crofton Croker; y creo que fueron mencionadas por su apellido, en la segunda serie de las leyendas de fantasmas del tal Croker; la serie en que (probablemente asesorado por la señorita Anne Baily) el autor relata algunas de las tradiciones más pintorescas de aquellos bellísimos lagos, aunque ya no puedo nombrarlos en plural, puesto que el menos extenso pero más lindo, ha sido ya drenado, dando lugar al descubrimiento de varias reliquias perdidas desde largo tiempo atrás y muy interesantes.

En su salón había una curiosa reliquia de otra clase; muy antigua, claro, pero perteneciente a un período mucho más moderno. Era la antigua copa «de estribo» de la hospitalaria casa de Lough Guir. Crofton Croker había conservado un extraño boceto de esa curiosa copa. A menudo la he tenido en la mano. Su pie era muy corto, y el recipiente, con el fondo redondeado, se elevaba cilíndricamente y, como tenía capacidad para contener toda una botella de clarete, y era casi tan estrecho como un anticuado vaso para la

---

\* Lough: palabra que en irlandés significa *lago*.

cerveza inglesa, su altura me dejaba maravillado. Como obligaba al jinete a alargar el brazo para levantar el vaso, debió resultarle tal acción muy difícil al bebedor montado a caballo. Lo raro es que tan altísimo vaso haya llegado a nuestra época sin ningún contratiempo.

Había otro vaso digno de observación en el mismo salón. Era gigantesco, de forma cónica, como uno de esos viejos frascos de jalea que tenían en sus estantes los pasteleros.. En el borde tenía grabadas las palabras: «A la gloriosa, piadosa e inmortal memoria»; y en las grandes solemnidades lo llenaban hasta el borde y al estilo de una copa de conjunto, daba vuelta al círculo de invitados del partido liberal, que todo se lo debían al héroe a cuya memoria la leyenda invocaba.

Ahora ya no era más que el transparente fantasma de aquellos solemnes jolgorios de una generación que vivió realmente al alcance del tronar de los cañones y los griteríos de aquellos agitados tiempos. Cuando yo lo vi, el vaso ya se había retirado de la política y los jolgorios, y se hallaba pacíficamente colocado sobre una mesita del salón, donde las manos de las damas lo llenaban con agua pura y lo coronaban diariamente con flores del jardín.

La conversación de la señorita Ann Baily se refería, más que la de su hermana, a lo legendario y sobrenatural, y contaba historias con la simpatía, el colorido y el aire misterioso que contribuyen a causar un poderoso efecto sobre los oyentes; nunca se cansaba de responder a las preguntas sobre el viejo castillo, divirtiendo al auditorio juvenil con fascinantes vislumbres de las viejas aventuras y de los días pasados. Mi memoria tiene grabada muy claramente el retrato de mi amiga de niñez. Una figura recta, flaca, por encima de la estatura media; una semejanza general con el retrato de cuerpo entero de la deliciosa condesa de Aulnois, a la que todos debemos algunos retazos de la tierra de los fantasmas; algo de su rostro grave y placentero, liso y refinado, muy señorial, con ese aire misterioso en su mirada y en el modo de elevar el índice, que indicaban la proximidad de la culminación en una historia intrigante.

Lough Guir es como un centro de operaciones de las brujas del Munster. Cuando la «buena gente» roba un niño, siempre se conjetura que Lough Guir es el lugar donde tendrá lugar la transmutación de humana a la condición de fantasma. Y bajo sus aguas yace embrujado, el enorme y viejo castillo de los Desmond, con el gran conde, su bella y joven condesa, y todo el cortejo que le rodeaba en los años de su esplendor y en el momento de su catástrofe.

También hay aquí historias asociadas. La enorme torre cuadrada que se alza a un lado de los establos cercanos a la vieja casa, hasta una altura que asombraba a mis ojos infantiles, aunque privada de sus almenas y un piso, fue una fortaleza del último rebelde conde de Desmond, y se menciona especialmente en ese delicioso viejo libro titulado *Hibernia Pacata*, por haber, con su guarnición irlandesa en las almenas, desafiado al ejército del lord diputado, marchando luego por las cumbres de las montañas del contorno. La casa, edificada al amparo de esa fortaleza del antaño altanero y turbulento Desmond, es vieja pero abrigada, con una multitud de estancias más bien pequeñas, tal como las he visto en casas de la misma época en el Shropshire y en los vecinos condados ingleses.

Las colinas que rodean aquellos lagos se me aparecían, en mis años mozos (y no he vuelto a verlas desde entonces), revestidas de una capa de verdor, de un matiz tan oscuro y vívido como nunca lo había visto antes.

En uno de esos lagos hay un islote, rocoso y arbolado, que, según los aldeanos, es la cima de la torre más alta del castillo que se hundió, por un encantamiento, al fondo de las aguas. En algunas condiciones atmosféricas, he oído decir a personas educadas, que cuando yendo en una barca llegas a cierta distancia de tierra, el islote parece levantarse varios pies sobre el agua, sus rocas asumen el aspecto de mampostería, y todo el circuito ofrece el aspecto de las almenas de un castillo elevándose sobre la superficie del lago.

Esta fue la historia de la señorita Anne Baily sobre el hundimiento de este castillo perdido.

## EL CONDE MAGO

Es sabido que el gran conde de Desmond, aunque la historia parece disponer del mismo de forma muy distinta, vive aún ahora embrujado en su castillo, con toda su familia y su servidumbre, en el fondo del lago.

En su época, no hubo en el mundo entero otro mago como él. Su castillo encantado se levantaba sobre un islote del lago, y al mismo llevó a su joven y hermosa esposa, a la que amaba exageradamente, porque para satisfacer los imperiales caprichos de la joven el conde lo hubiera arriesgado todo.

No llevaban mucho tiempo en el castillo cuando un día ella se presentó en la estancia en la que su esposo estudiaba el arte prohibido, implorándole que le enseñase algunas maravillas de su malvada ciencia. El conde mago se resistió largamente, pero los ruegos de su esposa, sus lágrimas y sus demandas vencieron al fin y el conde consintió en satisfacer su capricho.

Pero antes de iniciar las sorprendentes transformaciones con las que pensaba asombrarla, le enumeró las espantosas condiciones y los peligros del experimento.

Sola en aquel vasto apartamento, cuyas paredes eran lamidas, por debajo, por el lago cuyas oscuras aguas esperaban devorarlas algún día, la joven debería ser testigo de una serie de fenómenos terribles que, una vez iniciados, ni él podría detener ni mitigar; y si durante tal sucesión de hechos espantosos ella hablaba una sola palabra, o lanzaba una exclamación, el castillo y cuanto contenía se hundirían al instante al fondo del lago, y allí se quedarían, bajo la servidumbre de un poderoso encantamiento durante edades interminables.

Prevaleció la tremenda curiosidad de la dama, y una vez cerrada y atrancada la puerta de roble del estudio, empezaron los fatales experimentos.

Murmurando un encantamiento, estando él de pie ante su esposa, surgieron unas plumas por todo el cuerpo del mago, su rostro se contrajo y ahuecó, un olor cadavérico llenó el aire y, con unas alas pesadas y aventadoras, un gigantesco buitre levantó el vuelo, dando vueltas y más vueltas por la habitación, como a punto de arrojarse sobre la joven.

La dama se reprimió durante esta prueba y al instante empezó otra.

El pájaro voló hacia la puerta y en menos de un minuto se transformó, la joven no supo cómo, en una horriblemente deformada y empequeñecida bruja que, con la piel amarilla colgando en bolsas de su cara y unos ojos enormes, anduvo sobre muletas hacia la joven, la boca espumante de furia; mientras sus muecas y contorsiones se hacían a cada momento más y más odiosas, hasta que rodó por el suelo, tras un horroroso grito, en una horrible convulsión, llegando a los pies de la joven; entonces se cambió en una inmensa serpiente, con la cabeza erguida y la inquieta lengua fuera. De repente, cuando parecía a punto de picarla, vio a su esposo, de pie y muy pálido ante ella que, llevándose un dedo a los labios, la urgía a guardar silencio. Acto seguido, él se tendió cuan largo era en el suelo y empezó a alargarse más cada vez, más y más, hasta que su cabeza casi llegó a un extremo de la vasta cámara, y sus pies al otro.

El horror se apoderó de la joven. Lanzó un grito horrendo, y al instante el castillo y cuanto contenía se hundieron al fondo del lago.

Pero una vez cada siete años, el Conde de Desmond y su séquito emergen y cruzan el lago en una cabalgada en sombras. El caballo blanco del conde está herrado con plata. Esa noche, el conde puede cabalgar hasta la aurora y debe hacer buen uso de su tiempo, porque hasta que las herraduras de plata de su montura no queden totalmente desgastadas, el encanto que los mantiene a él y a su castillo bajo el agua continuará reteniendo su poder.

Cuando yo (la señorita Anne Baily) era una niña, aún vivía un hombre llamado Teigue O'Neill, que tenía una extraña historia que contar.

Era herrero, y su taller estaba en la falda de la colina que mira al lago, en una parte solitaria del camino que conduce a Cahir Conlish. Una noche de brillante luna, estaba trabajando hasta muy tarde, completamente solo. El ruido del martillo y el tembloroso resplandor reflejado por la puerta abierta sobre los arbustos del otro lado del estrecho camino, eran las únicas muestras que hablaban de la vida y la vigilancia en muchas millas alrededor.

En una de las pausas de su trabajo, Teigue oyó el ruido de muchos cascos de caballo que subían por el empinado sendero que pasaba por su fragua y, de pie en el umbral, llegó justo a tiempo de ver a un caballero, sobre un caballo blanco, ataviado según una moda que el herrero nunca había visto. Aquel hombre iba acompañado y seguido por un séquito montado y ataviado de forma tan rara como él.

Parecían, por el ruido que anunciaba su proximidad, que remontaban la colina a un apresurado galope, pero cuando se acercaron a la fragua acortaron el paso, y el que montaba el caballo blanco que, por su aspecto grave y señorial debía ser el jefe del cortejo, acostumbrado a mandar, tiró de la brida e hizo alto ante la puerta de la herrería.

No habló, y todo el séquito permaneció en silencio, pero él llamó con el gesto al herrero, indicando uno de los cascos de su caballo.

Teigue se agachó y levantó la pata del animal, sosteniéndola el tiempo suficiente para ver que estaba herrado con una herradura de plata, la cual, en cierto lugar, estaba tan desgastada como un delgado chelín. Al instante, comprendió cuál era su situación y retrocedió murmurando aterrado una plegaria. El jinete, con una expresión de furia y pesar, le azotó súbitamente con algo que silbó en el aire, como un látigo, y una señal rojiza atravesó el cuerpo del infeliz herrero, como si le hubieran cortado con una hoja de acero. Pero sin dejarle moradura ni cicatriz, según comprobó más tarde. Al mismo tiempo, vio que toda la comitiva emprendía el galope y desaparecía colina abajo, agitando momentáneamente el aire, como por una andanada de cañón.

Era el conde sin duda. Había intentado una de sus acostumbradas estratagemas para lograr que el herrero le hablara. Porque es sabido que, con el propósito de abreviar o mitigar su período de encantamiento, el conde busca que la gente se le aproxime y le hable. Pero lo que le sucedería a la persona que tal hiciera, es lo que por el momento nadie sabe.

## LA AVENTURA DE MOLL RIAL

Cuando la señorita Anne Baily era una niña, Moll Rial era una anciana. Había pasado toda su vida con los Baily de Lough Guir; dentro y en torno a cuya mansión, según la costumbre irlandesa de aquellos días, había una tropa de jovencitas del país, descalzas, trabajando como ayudantes de cocina o lavanderas, empleadas del gallinero, o para hacer recados.

Entre estas se contaba Moll Rial, a la sazón una joven recia y de buen humor, con poco en qué pensar y nada por qué apurarse. En cierta ocasión estaba lavando unas ropas por el proceso conocido universalmente en Munster del «picador». La lavandera está hundida hasta las caderas en el agua, en la que ha sumergido las ropas, que luego saca y extiende sobre una piedra plana, y golpea las prendas con un instrumento que se parece burdamente a un bate de críquet, aunque más corto y más ancho, y lo bastante ligero para cogerlo con una sola mano. Así, se golpean las ropas mojadas, dándoles vueltas varias veces, sumergiéndolas de vez en cuando en el agua y volviendo a golpearlas, hasta que juzgan que tales prendas están ya limpias.

Moll Rial estaba lavando con su «picador» a orillas del lago, cerca de la casa y el castillo sumergidos. Era entre las ocho y las nueve de una magnífica mañana estival, y todo parecía brillante y hermoso. Aunque totalmente sola y aunque no podía divisar las ventanas de la casa (ocultas a su vista por el irregular ascenso del terreno y por algunos arbustos interpuestos), su soledad no le resultaba deprimente.

Apartándose de su labor, y poniéndose de pie, vio a un caballero que descendía por la ladera hacia ella. Era un individuo de «muy buen aspecto», que vestía un batín floreado, de seda, y con un gorro de terciopelo en la cabeza; y al caminar hacia ella, con los pies metidos en unas zapatillas, mostraba una pierna muy bien torneada. Sonreía graciosamente al acercarse y sacándose un anillo de uno de sus dedos con el aspecto de un seguro significado, que parecía implicar que deseaba regalárselo a ella, lo levantó con la mano y una mirada agradable, y lo dejó sobre la piedra plana al lado de las ropas que ella había estado lavando tan industriosamente.

El caballero se retiró unos pasos y continuó mirándola con una sonrisa alentadora, como diciendo: «Te has ganado este premio; no temas quedártelo».

La joven imaginó que se trataba de un caballero que había llegado, como sucedía a menudo en aquellos tiempos hospitalarios y azarosos, tarde e inesperadamente la noche anterior, y que ahora estaba dando un paseo indolente antes del desayuno.

Moll Rial era un poco tímida, y más tras ser descubierta por tan gentil caballero con las enaguas recogidas en torno a sus desnudas piernas. Por tanto, bajó la vista al agua que mojaba sus pies, y entonces distinguió unas ondas de sangre, y luego otras y otras, yendo y viniendo en torno a sus pies. Gritó horrorizada el nombre sagrado y, al levantar los ojos, vio que el cortés caballero había desaparecido, aunque la sangre se iba extendiendo más, a la velocidad de la luz, por la superficie del lago, que durante unos momentos relució como un vasto estuario de sangre.

Era otra vez el conde, y Moll Rial declaró que de no haber sido por la súbita transformación del agua, posiblemente le habría hablado un instante después, y así habría caído bajo un encantamiento quizá tan espantoso como el del noble.

## LA BANSHEE

A una familia de Munster tan antigua como la de los Baily de Lough Guir, no podía faltarle como servidor una banshee**. Todos los allegados a la familia la conocían bien, y podían citar pruebas de tan sobrenatural distinción. Yo escuché a la señorita Baily relatar la única experiencia personal que tuvo de ese ser espiritual.

Dijo que siendo aún muy joven, ella y la señorita Susan habían permanecido largamente junto el lecho de su hermana enferma, la señorita Kitty, a la que he oído recordar entre sus contemporáneos como el más alegre y entretenido de los seres humanos. La damita, de alegre corazón, se moría de tuberculosis. Como los tristes deberes de tales cuidados se repartían entre las muchas hermanas de la familia, las guardias nocturnas recaían en las dos damitas mencionadas, creo que por ser las mayores.

No es improbable que aquellas largas y melancólicas vigilias, rebajando los ánimos y excitando los sistemas nerviosos, prepararan a las muchachas para ciertas visiones ilusorias. Sea como sea, una noche, ya a una hora avanzada, la señorita Baily y su hermana, sentadas en la habitación de la enferma, oyeron una música suave y melancólica, tal como jamás habían escuchado antes. El cuarto de la enferma tenía unas ventanas que daban al patio, y el viejo castillo estaba cerca, bien a la vista. La música no sonaba en la casa sino que parecía venir del patio, o de más allá. La señorita Anne Baily cogió un candelero y descendió por la escalera trasera. Abrió la puerta y desde allí oyó la misma débil pero solemne armonía, aunque no pudo decidir si se trataba de música instrumental o un coro solamente. Parecía, eso sí, proceder de las ventanas del viejo castillo, en lo muy alto del aire. Pero cuando la joven se aproximó a la torre, pensó que la música venía de la casa, al otro lado del patio; y así, perpleja, y al final asustada, regresó al cuarto de la enferma.

** Banshee: espíritu femenino de la mitología irlandesa que proclama la muerte de un miembro de la familia, usualmente a través de desgarradores gritos.

Tanto la señorita Susan Baily como su hermana Anne, confesaron que habían oído claramente aquella música aérea, y por largo tiempo. De eso estaba muy segura y hablaba de ello con un no disimulado temor.

### El sueño de la institutriz

Esta dama, una mañana, con una grave expresión en el rostro que indicaba que algo le pesaba en la mente, manifestó a sus pupilas que la noche anterior había tenido un sueño muy extraño.

La primera habitación, al entrar en el viejo castillo, habiendo llegado al pie de la escalera de caracol, es un amplio vestíbulo, grandioso pero sombrío, con sólo una o dos ventanas, muy altas en los huecos de la pared. Cuando vi el castillo hace ya muchos años, una parte de esta inmensa sala la usaban como depósito de la turba cogida el año anterior.

Su sueño la situaba, sola, en dicha habitación, y en ella penetraba un hombre de grave semblante, con algo muy notable en su rostro que la impresionó, como logra a veces un buen retrato, con la sensación de gran carácter e individualidad.

En la mano llevaba una vara de la longitud de un bastón ordinario. Le advirtió a ella que observara y recordara su longitud, y que señalara bien las medidas que él iba a tomar, cuyo resultado debería comunicar a los señores Baily de Lough Guir.

Desde un punto dado de una pared, con aquella vara el hombre midió el suelo por los ángulos rectos, un cierto número de veces, cuyas medidas cantaba en voz alta; luego, del mismo modo, hizo lo mismo en la pared lateral, cantando asimismo las medidas claramente. A continuación, le dijo a la institutriz que en el punto donde se juntaban las dos paredes, a la profundidad de los pies que él había cantado, un tesoro yacía enterrado. De pronto, el sueño se interrumpió y el extraño visitante se desvaneció.

La institutriz se llevó consigo a sus dos pupilas al castillo donde, habiendo cortado previamente una vara de la longitud representada en su sueño, empezó a medir distancias, hasta llegar al punto que supuestamente quedaba encima del tesoro allí enterrado. Aquel mismo día le relató al señor Baily todo lo referente al extraño sueño, pero este se burló de ella, sin dar ningún paso en consecuencia.

Poco después, la mujer volvió a tener el mismo sueño, con el mismo personaje que le repitió el mensaje, con expresión disgustada. Pero el sueño fue tratado por el señor Baily igual que el anterior.

El mismo sueño tuvo lugar por tercera vez y las muchachas gritaron tanto que deseaban explorar el castillo con pico y pala, al menos en el sitio indicado tres veces por el mismo mensajero, que al final el señor Baily consintió y el suelo fue levantado por unos obreros, los cuales hicieron una trinchera en el lugar indicado por la institutriz.

La señorita Anne Baily, y casi todos los miembros de la familia, incluido el padre, estuvieron presentes en la operación. A medida que los obreros se acercaban a la profundidad descrita en la visión, el interés y el suspense de todos iba en aumento; y cuando los picos y las palas chocaron con la sólida resistencia de una ancha losa, que a los golpes devolvió un sonido cavernoso, la excitación de todos los circunstantes llegó al colmo.

Con alguna dificultad levantaron la losa y quedó al descubierto una cámara de piedra, lo bastante grande como para contener una vasija o una caja de tamaño moderado. ¡Ay! La cámara estaba vacía. Pero en la tierra del fondo, la señorita Baily aseguró haber visto, como todos los allí reunidos, la impresión circular de una vasija que, por lo que la marca parecía indicar, había estado allí largo tiempo.

Las dos hermanas Baily estaban firmemente convencidas de que el tesoro había sido depositado efectivamente allí, pero que algún individuo más crédulo y activo que su padre se había apresurado a sacarlo.

La misma institutriz permaneció con la familia hasta la hora de su muerte, que tuvo lugar unos años más tarde bajo unas circunstancias tan extraordinarias como su sueño. Helas aquí.

## EL SALÓN DEL CONDE

A la vieja institutriz le gustaba mucho el antiguo castillo, y cuando terminaban las lecciones, cogía un libro o su labor y se dirigía a una amplia estancia del antiguo edificio, llamada el Salón del Conde. Allí había instalado una mesa y un sillón para su uso, y en el crepúsculo se sentaba dedicada a sus ocupaciones favoritas, con apenas un rayo de luz, que penetraba a través de una de las ventanas sin cristales, rayo que incidía sobre la mesa.

Al Salón del Conde se accedía por una estrecha y arqueada puerta, que se abría cerca de la escalera de caracol. Era una habitación inmensa y sombría, casi cuadrada, con un techo alto y abovedado, y un suelo de piedra. Por estar situada muy alta en el castillo, cuyos muros eran muy gruesos, y las ventanas pocas y pequeñas, el silencio reinante allí era como el de una caverna subterránea. En aquella soledad nada se percibía, salvo quizá, dos veces al día, el piar de un gorrión posado en una de las elevadas ventanas.

Habiéndose retirado un día la buena mujer a su acostumbrada soledad, la echaron de menos en la casa a su hora normal de regreso. Esto, en una casa solariega, tal como las casas irlandesas se regían por aquel tiempo, causaba poca sorpresa y ninguna alarma. Pero cuando llegó la hora de cenar, que en aquellas casas del campo era las cinco de la tarde, y la institutriz no había aparecido, algunos de sus jóvenes amigos, al no haber llegado aún el invierno, por lo que había luz suficiente para guiarla a través de la ladera y los pasos exteriores, subieron por la escalera hasta el nivel del Salón del Conde, para llamarla desde allí.

No hubo respuesta. En el suelo de piedra, delante de la puerta del Salón del Conde, y tremendamente horrorizados, la encontraron insensible. Recobró el conocimiento gracias a los cuidados habituales, pero continuó muy enferma, siendo transportada a la casa, donde la metieron en cama.

Más tarde y de vez en cuando fue relatando lo ocurrido. Como siempre, se había instalado ante su mesa de labor, y había estado trabajando o leyendo, había olvidado cuál de ambas cosas, durante algún tiempo, hallándose muy serena y con buen ánimo. De pronto, levantó los ojos mirando hacia la puerta y vio entrar un horrible hombrecillo. Vestía de rojo, era muy bajo, tenía un rostro singularmente oscuro y una expresión realmente atroz. Tras dar unos pasos dentro del salón, con los ojos fijos en ella, se paró en seco e indicó con el gesto a la institutriz que le siguiera, retrocediendo hacia la puerta. La mujer estaba tan aterrada que continuó sentada mirando a la aparición sin poder moverse ni hablar. Al ver que no le obedecía, el rostro del hombrecillo se fue tornando más y más fosco y amenazador, y al sufrir este cambio levantó una mano y pateó el suelo. Gesto, mirada y todo él expresaban una furia diabólica. Impulsada por un inmenso terror, la institutriz se puso de pie y, cuando él volvió a llamarla, le siguió uno o dos pasos en dirección a la puerta. El extraño visitante volvió a detenerse, y con la misma muda amenaza, la conminó a seguirle.

La mujer llegó a la estrecha puerta del Salón del Conde, por la que él ya había pasado; desde el umbral, le vio de pie un poco más allá, con los ojos siempre fijos en ella. El hombrecillo repitió desde allí sus señas, y echó a andar por el angosto pasadizo que llevaba a la escalera de caracol, pero en vez de seguirle, la mujer cayó al suelo presa de un ataque.

La pobre mujer quedó convencida de que no sobreviviría mucho tiempo después de esta visión, y su presentimiento resultó ser verdad. Ya nunca más pudo abandonar la cama. Unos días más tarde le sobrevinieron la fiebre y el delirio, y poco después falleció. Naturalmente, es posible que la fiebre, atacándola ya, desquiciara su cerebro cuando creyó ser visitada por el fantasma, y que, por tanto, el mismo no tuviera una existencia externa.

## EL NIÑO QUE SE FUE CON LAS HADAS

Al este de la antigua ciudad de Limerick, a unas diez millas irlandesas de la cordillera conocida como los montes Slieveelim, famosos por haber sido refugio de Sarsfield entre sus rocas y sus hondonadas, cuando los cruzó en su intrépido ataque contra el cañón y las municiones del rey Guillermo, camino de su sitiado ejército, hay un estrecho y viejo sendero. Enlaza la carretera de Limerick a Tipperary con la antigua senda de Limerick a Dublín, durante unas veinte millas, y pasa por entre ciénagas y pastizales, colinas y hondonadas, aldeas y un castillo falto de techumbre.

Rodeando los montes que acabo de mencionar, en una parte resulta singularmente solitario. Durante más de tres millas irlandesas atraviesa un país desierto. Un pantano ancho y oscuro, liso como un lago, rodeado por bosquecillos, se extiende a la izquierda, cuando se viaja hacia el norte, mientras la larga e irregular línea de montañas se eleva a la derecha, envueltas en brumas, rotas por hileras de rocas grises que semejan fortificaciones de trazado quebradizo, y moteadas por intermitentes hondonadas, expandiéndose acá y acullá en rocosidades y cañadas arboladas, que se abren al aproximarse al sendero.

Unos pastos bastante escasos, en los que pacían algunas ovejas y corderos, flanquea este sendero solitario durante algunas millas, y al amparo de un altozano y dos o tres añosos fresnos, se levantaba, no hace muchos años, la cabaña techada con paja de una viuda llamada Mary Ryan.

Pobre era la tal viuda en una tierra de pobreza. El techado había adquirido el tinte grisáceo y la forma curvada que demostraba hasta qué punto las alternancias de lluvia y sol habían influido en tan perecedero refugio.

Pero fueran cuales fueran los peligros que amenazaban a tan frágil construcción, había uno que se remontaba a tiempos muy antiguos. En torno a la cabaña crecían media docena de serbales, como llaman a estos árboles tan nefastos de las brujas. Para prevenir tal peligro, sobre las desgastadas planchas de la puerta habían clavado dos herraduras, y sobre el dintel y extendiéndose a lo largo de la techumbre, crecían en abundancia manojos de la antigua cura de muchas dolencias, profilácticos contra las maquinaciones del maligno: el puerro casero. Bajando hacia la entrada, en el *chiaroscuro* del interior, cuando el ojo se acostumbraba lo suficiente a la menguada luz, se descubría, sobre la cabecera del jergón de la viuda, su rosario y una redoma llena de agua bendita.

Ciertamente, en la cabaña había defensas y baluartes contra la intrusión de ese poder malvado e inhumano, de cuya vecindad aquella solitaria familia tenía que acordarse siempre teniendo a la vista el Lisnavoura, el promontorio embrujado de la «buena gente», como llaman a las hadas eufemísticamente. Aquella extraña cumbre en forma de cúpula se levantaba a menos de media milla de distancia, semejando una excrecencia de la larga línea de montañas que se alzan allí.

Sucedió a la caída de la hoja y en un crepúsculo otoñal que arrojaba las largas sombras del embrujado Lisnavoura, muy cerca de la parte delantera de la cabaña solitaria, sobre las ondulantes pendientes y laderas de la Slieveelim. Los pájaros cantaban entre las ramas pobladas con las escasas hojas de los melancólicos fresnos que crecían al borde del camino, frente a la entrada de dicha cabaña. Los tres hijos menores de la viuda estaban jugando en el camino y sus voces se mezclaban con el canto de los pájaros en aquel atardecer. La hermana mayor, Nell, estaba «en casa», como decía ella, vigilando el perol donde hervían las patatas de la cena.

Su madre había bajado al pantano, a fin de subir con un fardo de césped a la espalda. Es, o era al menos, una costumbre caritativa —y si no se ha acabado ojalá continúe por largo tiempo— que la gente más rica, al cortar su césped y apilarlo en el pantano, formara montones más pequeños para los pobres, que podían recogerlos mientras quedara alguno, y así el perol de las patatas pudiera seguir hirviendo y el hogar dar calor, pues de lo contrario habría estado helado en las noches invernales a no ser por aquella dádiva en forma de césped.

Moll Ryan trepó por el empinado *bohereen*, cuyas márgenes estaban llenas de espinos y zarzas, encorvada bajo su carga y entró en la cabaña, donde su hija de oscuro cabello, Nell, la liberó del fardo muy sonriente.

Moll Ryan miró a su alrededor con un suspiro de alivio y, secándose la frente, profirió la exclamación de Munster:

—¡*Eiah, wisha!* Dios bendito, qué cansada estoy. ¿Dónde están los críos, Nell?

—Jugando en el sendero, madre. ¿No los viste al venir?

—No, no había nadie en el sendero —replicó la madre, casi jadeando—, ni un alma, Nell. ¿Por qué no les has echado alguna que otra ojeada?

—Bueno, estarán en el cercado, jugando allí, o detrás de la casa. ¿Tengo que llamarles?

—Oh, sí, hija mía, por Dios. Las gallinas ya vuelven y el sol estaba ya sobre Knockdoulah cuando yo subía.

Nell salió de la cabaña y de pie en el sendero, miró arriba y abajo; pero ninguna señal de sus dos hermanos, Con y Bill, ni de su hermanita Peg, estaba a la vista. Les llamó pero ninguna respuesta vino desde el cercado de arbustos. Nell tendió el oído, pero no logró captar las infantiles voces. Echó a correr, saltando la cerca y por detrás de la cabaña... pero todo estaba silencioso y desierto.

Bajó la mirada hacia el pantano, hasta donde alcanzaba su vista, y no vio a nadie. Volvió a escuchar... pero en vano. Al principio se enfadó, pero de pronto un sentimiento distinto se apoderó de ella, y palideció. Con un presentimiento indefinible, miró hacia el brezal que cubría el promontorio del Lisnavoura, que se iba oscureciendo con un tono púrpura contra el ígneo color de la puesta de sol.

Volvió a escuchar con el corazón oprimido, pero solamente oyó el canto y el piar de los pájaros posados en los árboles cercanos. ¡Cuántas historias había escuchado, al amor de la lumbre, en invierno, de niños robados por las hadas, al caer la noche, en parajes solitarios! Sabía, también, que este era el miedo que embargaba a su madre.

Nadie del país agrupaba el ganado tan temprano como la asustada viuda, ni ninguna puerta de las «siete parroquias» quedaba tan bien cerrada como la suya.

Asustada como estaba toda la chiquillería en esa parte del mundo de los terribles y sutiles agentes, Nell los temía más que nadie, porque sus terrores se hallaban infectados y redoblados por el miedo de su madre. Ahora estaba mirando hacia el Lisnavoura llena de espanto, y se persignaba una y otra vez y susurraba plegaria tras plegaria. Se vio interrumpida por la voz de su madre desde el sendero, llamándola en voz alta. Nell respondió y corrió hacia la cabaña, donde halló a su madre esperándola a la puerta.

—¿Dónde demonio estarán esos críos? ¿No los has visto? —gritó la señora Ryan, cuando la muchacha pasaba la cerca.

—¡Ah, madre! Se habrán ido a jugar un poco más abajo. Volverán antes de un minuto. Son como cabras, brincando y corriendo por todas partes... y si por mí fuera, no se librarían de un buen castigo.

—Así Dios me perdone, Nell, los niños han desaparecido. Se los han llevado, y no hay nadie cerca de nosotras, y el padre Tom está a tres millas lejos. ¿Y qué hago o a quién pido ayuda en una noche tan oscura? ¡Oh, *wirristhru, wirristhru!* ¡Los críos han desaparecido!

—Bueno, madre, cálmate... ¿no ves que ya vienen?

Y acto seguido empezó a proferir amenazas, agitando los brazos y llamando a gritos a los niños, que se iban aproximando por el sendero, el cual no lejos de la cabaña formaba un recodo que los ocultó de la vista momentáneamente. Venían del lado oeste, desde la dirección que conducía al temible promontorio del Lisnavoura.

Pero sólo eran dos los chiquillos y uno de ellos, la más pequeña, iba llorando. Su madre y su hermana corrieron hacia ellos, más alarmadas que nunca.

—¿Dónde está Bill... dónde está? —gritó la madre, jadeando, tan pronto como estuvo a tiro de oído.

—Ha desaparecido... se lo llevaron, pero dijeron que volvería —explicó el pequeño Con, el hijo con el cabello castaño oscuro.

—Se fue con las grandes señoras —balbució la niña.

—¿Qué señoras? ¿Adónde? ¡Oh, Leum, *asthora!* Cariño, ¿te has ido al fin? ¿Dónde estás? ¿Quién te ha raptado? ¿De qué señoras hablas tú? ¿Por dónde se marcharon? —gritó la madre desconsolada.

—No vi por donde se fueron, madre. Me pareció que se iban al Lisnavoura.

Lanzando una terrible exclamación, la desdichada madre echó a correr hacia el promontorio, retorciéndose las manos y gritando el nombre de su perdido hijo.

Asustada y horrorizada, Nell, sin atreverse a imitarla, la siguió con la vista y de pronto estalló en sollozos, y sus otros dos hermanos también empezaron a gritar y a llorar.

El crepúsculo se iba oscureciendo. Ya había pasado la hora en que todos los días solían estar en la cabaña con la puerta bien cerrada. Nell llevó a los dos niños al interior y les sentó junto al fuego alimentado por césped, mientras ella se quedaba en el umbral, con la puerta abierta, esperando muy asustada el regreso de su madre.

Fue al cabo de largo tiempo que la vieron. La buena mujer entró y tomó asiento frente al fuego, llorando como si el corazón se le fuera a partir.

—¿He de atrancar la puerta, madre? —le preguntó Nell.

—Sí... Ya he perdido bastante esta noche por tener la puerta abierta. Pero antes salpícala con agua bendita, y dámela luego para que me rocíe un poco yo misma y a los críos; y ahora me sorprende, Nell, que dejaras salir a los chicos tan cerca del anochecer. Vamos, venid vosotros, mis pequeños, y sentaos en mis rodillas, *asthora*, abrazadme en nombre de Dios, y yo os abrazaré muy fuerte para que nadie pueda apartaros de mí, y contádmelo todo, cómo fue... el Señor entre nosotros y el mal... y cómo ocurrió y quién fue.

Y la puerta quedó bien atrancada, los dos niños, a veces hablando a la vez, a veces interrumpiéndose uno al otro, y a veces interrumpidos ambos por su madre, lograron contar la extraña historia, que será mejor que yo relate bien coordinada y en mi propio idioma.

Los tres hijos de la viuda Ryan estaban jugando, como dije, en el estrecho sendero que pasaba por delante de la cabaña. El pequeño Bill o Leum, de unos cinco años de edad, rubio el cabello y los ojos grandes y azules, era un niño muy guapo, con todas las señales de una perfecta salud infantil y la mirada llena de esa ingenuidad que no es propia de los niños de la misma edad nacidos en una ciudad. Su hermanita Peg, apenas un año mayor, y su hermano Con, un poco más de un año mayor que ella, formaban el reducido grupo.

Bajo los corpulentos fresnos, cuyas últimas hojas iban cayendo a sus pies, a la luz del crepúsculo otoñal, estaban jugando con la fogosidad y la hilaridad de los niños rústicos, gritando todos a la vez, mientras estaban vueltos de cara al oeste, o sea al promontorio del Lisnavoura.

De repente, una voz algo ronca los llamó por detrás ordenándoles salir del sendero, y al volverse vieron algo extraño y sorprendente. Era un carruaje tirado por cuatro caballos que piafaban y relinchaban de impaciencia. Los niños se pusieron rápidamente de pie y se apartaron del sendero, casi delante de su cabaña.

El carruaje y todo sus arreos eran anticuados y suntuosos, siendo para los niños, que apenas habían visto nada más fino que los carros que acarreaban el césped, y una vez una silla de posta que pasó por allí procedente de Killaloe, un espectáculo totalmente deslumbrante.

Representaba el antiguo esplendor. Los arneses y demás arreos eran de color escarlata, con aplicaciones de oro. Los caballos eran grandes, blancos como la nieve, con crines muy largas y espesas, que agitaban al aire, pareciendo flotar y ondular a veces más largas, a veces más cortas, como volutas de humo... las colas eran largas y estaban adornadas con lazos dorados y escarlatas. El coche también resplandecía con tonos dorados y galanuras. Iban en el coche cuatro lacayos con libreas de tonos alegres y sombreros de tres picos, como el del cochero, aunque este llevaba asimismo una peluca como la de un juez, y los lacayos tenían el cabello rizado y empolvado, con una coleta gruesa, también adornada con un lazo, que colgaba hasta la espalda de cada uno.

Todos estos sirvientes eran de tamaño reducido, desproporcionados con el carruaje y los caballos, y sus facciones eran angulosas, con ojos pequeños, inquietos y feroces, y unas caras astutas y maliciosas que asustaron a los tres niños. El cochero enano sonreía malignamente, enseñando sus blancos colmillos bajo su sombrero de tres picos, y sus ojillos lanzaban destellos furiosos mientras blandía su látigo, dándole vueltas sobre las cabezas de los niños, hasta que aquella correa pareció una lengua de fuego bajo la puesta de sol, produciendo un sonido como los gritos de una legión de *filla-poueeks* en el aire.

—¡Deténgase la princesa en el camino! —gritó el cochero con una voz muy penetrante.

—¡Deténgase la princesa en el camino! —repitieron los lacayos por turnos, mirando malévolamente a los niños y rechinando los dientes.

Los niños, en efecto, estaban tan asustados que sólo eran capaces de boquear y palidecer de pánico. Pero una voz dulce procedente de la abierta ventanilla del carruaje los tranquilizó, y frenó el ataque de los lacayos.

Una hermosa dama «de aspecto majestuoso» les estaban sonriendo, y los tres niños se sintieron muy contentos ante la extraña luminosidad de aquella sonrisa.

—El niño del cabello rubio, creo —musitó la dama, asestando sus grandes y maravillosamente claros ojos sobre el pequeño Leum.

Los costados superiores del carruaje eran casi por completo de cristal, por lo que los niños divisaron a otra señora dentro, que no les agradó tanto.

Era una mujer negra, con un cuello tremendamente largo, que rodeaban varias sartas de cuentas de vidrio de varios colores, y en la cabeza llevaba una especie de turbante de seda, estriado con todos los colores del arco iris, y en cuyo centro lucía una estrella dorada.

Aquella negra tenía una cara tan demacrada casi como la de una muerta, con altos pómulos y ojos saltones, el blanco de los cuales, así como los dientes, contrastaban con el color oscuro de su tez; de pronto, tendió la vista por encima del hombro de la otra dama y le susurró algo al oído.

—Sí, el niño del cabello rubio, creo —repitió la dama.

Y su voz sonó suave como una campanilla de plata en los oídos de los tres niños, y su sonrisa los sedujo como la luz de una lámpara embrujada, cuando se inclinó por la ventanilla mirando al niño aludido con una mirada afable, y sus ojos eran tan atractivos que el pequeño Billy levantó la vista, sonrió a su vez con gran contento, y cuando ella se asomó y tendió sus enjoyados brazos hacia él, el niño alargó los suyos y los otros pequeños no supieron de qué modo se tocaron, pero sí oyeron estas palabras:

—Ven y dame un beso, cariño.

Y la dama lo levantó y él pareció ascender hacia ella tan ligero como una pluma, y la dama lo sostuvo en su regazo cubriéndole de besos.

No había nada malo en ello, y los otros dos niños se habrían sentido muy felices de haber podido estar en el sitio de su favorecido hermano menor. Sólo hubo una cosa desagradable, que los asustó un poco, y fue que la mujer negra que estaba dentro del coche como antes, se llevó a los labios un pañuelo de seda y oro que tenía entre sus dedos, y pareció introducirlo, pliegue a pliegue, en su espaciosa boca, según pensaron los niños para ahogar su risa, que parecía convulsionarla, con una alegría que no podía reprimir;

pero sus ojos, que permanecían abiertos, mostraban una mirada más colérica de cuantas habían visto antes.

Sin embargo, la dama era tan bella que sólo tenían ojos para ella, mientras iba acariciando y besando al niño que tenía sobre sus rodillas; y de pronto, sonriéndoles a los otros dos niños, exhibió una manzana rojiza en sus manos, y el carruaje empezó a moverse lentamente, y con un gesto que les invitaba a coger la fruta, la dejó caer al sendero por la ventanilla; rodó un poco junto a las ruedas, los niños fueron siguiendo al vehículo, y la dama empezó a tirar una manzana y otra y otra... pero ellos no pudieron coger ninguna, pues lo mismo sucedió con las demás que la dama fue tirando, ya que una se colaba por un hoyo o en una zanja; y cada vez que los niños levantaban la vista veían a la dama arrojando más manzanas, y la persecución continuó hasta que, sin saber donde estaban, se encontraron en una encrucijada, uno de cuyos caminos llevaba a Owney. Al parecer, las ruedas del carruaje y los cascos de los caballos iban levantando una espesa capa de polvo, que el viento convertía en una columna y que, a pesar de ser un día sumamente encalmado, envolvió a los niños por un momento y luego pasó girando hacia el Lisnavoura, con el carruaje en el centro del torbellino de polvo; pero de repente, el polvo empezó a disiparse, las ramillas y las hojas fueron cayendo al suelo, y los blancos caballos, los lacayos, el carruaje dorado, la dama y el hermanito de cabellos rubios... todo había desaparecido.

En aquel mismo instante, el borde superior de la clara puesta de sol desapareció por detrás del monte de Knockdoulah, y llegó el crepúsculo. Ambos niños sintieron la transición como un choque... y la vista de la redonda cumbre del Lisnavoura, que ahora parecía colgar sobre ellos, los sobrecogió con un nuevo temor.

Llamaron a grandes voces a su hermanito, pero sus gritos se perdieron en el aire. Al mismo tiempo, creyeron oír una voz hueca que les susurraba:

—Volved a casa.

Miraron en torno pero no vieron a nadie; estaban asustados y, cogidos de la mano, la niña llorando a lágrima viva, y el niño blanco como la ceniza por el miedo, trotaron hacia la cabaña, a toda marcha, para contar, como vimos, su extraña historia.

Molly Ryan no volvió a ver a su querido hijito. Pero algo del niño fue visto por sus compañeros de juegos.

A veces, cuando su madre se marchaba a vender una carga de heno y Nelly lavaba las patatas para la cena, o «aporreaba» las ropas en el riachuelo que discurría muy cerca, los dos hermanos pequeños veían la bonita cara del pequeño Billy atisbando desde la puerta, sonriéndoles silenciosamente, y cuando ellos corrían a abrazarle lanzando gritos de deleite, el niño retrocedía, sin dejar de sonreír, y cuando los dos llegaban a la puerta, Billy había desaparecido, sin que pudieran hallar de él el menor rastro.

Esto sucedía a menudo, con ligeras variaciones en las circunstancias de la visita. En ocasiones, los miraba por largo tiempo, en otras, por unos segundos solamente; a veces, los llamaba con su manita, con un dedo curvado, pero siempre sonreía con la misma mirada y el mismo silencio... y siempre desaparecía antes de que ellos llegaran a la puerta. Gradualmente, las visitas se fueron espaciando y al cabo de ocho meses cesaron por completo, y el pequeño Billy, perdido irremediablemente, sólo quedó en su memoria como los muertos.

Una mañana ventosa, casi un año y medio después de su desaparición, cuando la madre se hubo ido a Limerick, casi al canto del gallo, para vender unas aves en el mercado, la niña menor, tendida junto a su hermana mayor que estaba completamente dormida, cuando empezaba a filtrarse por la ventana la luz del día, oyó cómo alguien movía el cerrojo suavemente y vio al pequeño Billy entrar y cerrar la puerta a sus espaldas. Ya había luz bastante para ver que iba descalzo y en harapos, muy pálido y hambriento. Se fue directamente hacia el hogar, se acercó mucho a las brasas del césped, se frotó lentamente las manos y pareció temblar de frío mientras avivaba aquellas brasas.

La niña se acercó a su hermana y susurró:

—Despierta, Nelly, despierta... Billy ha vuelto.

Nelly dormía profundamente, pero el pequeño Billy, cuyas manos estaban extendidas sobre las brasas reavivadas, se volvió y miró hacia el lecho, y la niña pequeña vio el reflejo del fuego en las delgadas mejillas de Billy cuando este la miró fijamente. Luego, el niño se dirigió de puntillas a la puerta, silenciosamente, y salió con la misma suavidad con que había entrado.

Después, el pequeño Billy nunca más fue visto por ninguno de sus parientes.

Los «doctores en hadas», como los que tratan de lo preternatural, que en tales casos son consultados, son así llamados, hicieron cuanto pudieron... pero en vano. Se presentó el padre Tom y procedió a ejecutar todos los ritos más sagrados, pero también sin resultado. De modo que el pequeño Billy quedó muerto para su madre, para su hermano y sus hermanas, y ninguna tumba recibió su cuerpo. Otras personas, amadas en vida, yacen en tierra sagrada, en el cementerio de Abington, con una lápida que señala el lugar en el que el superviviente puede arrodillarse y rezar por la paz del difunto. Pero ninguna señal indica el lugar donde el pequeño Billy se ocultó a los ojos de sus seres queridos, a menos que fuese en el viejo promontorio del Lisnavoura, que arrojaba su alargada sombra a la puesta de sol frente a la puerta de la cabaña, o que, blanco y tenue a la luz de la luna, en los años posteriores, atraiga la mirada de su hermano cuando este regrese de una feria o de un mercado, y consiga de él un suspiro y una oración para el pequeño hermano que se perdió hace tanto tiempo, y que nunca más volvió a ser visto.

# ÍNDICE